„Bald werde ich nicht mehr hier sein. Suchet mich in den Bergen und Flüssen, bei den Katzen und Blumen. Wo immer ihr eine Rose auf dem Beton wachsen seht, dort werde ich sein. Die Lotusblume der heutigen Zeit."

„In den Mysterien der Liebe sich verlieren. Vor Liebe überfließen. Die ganze Existenz als eine Familie sehen. Dies sollte das Ziel sein in diesem Leben".

Burak Tuncel fordert die Menschen heraus mit seinen Büchern. Er fordert sie heraus, da er ihnen altbekannte Dichter, Philosophen und den Koran zitiert und darbietet, die alle von der Einheit der Existenz und der Liebe sprechen. Nur die Menschen sehen und hören es nicht. Sie leben einfach weiter, strebend nach den weltlichen Dingen. Kritisch betrachtet er diesen Lebenswandel, sich wundernd. Manchmal hat es den Anschein, als könne er nicht verstehen, dass die Menschen so leben, strebend nach Macht und Geld allein, anstatt sich dem Herzen zu widmen und sich zu fragen, mit welcher Lebensaufgabe wir geboren wurden.

In seinem Buch *Auf dem Weg zum Geliebten* (Frühling 2018) setzt sich Tuncel damit auseinander, was das Eigentliche und das wirklich Wichtige im Leben ist, nämlich den Zugang zu sich selbst und seinem eigenen Herzen zu finden.
Weiter geht er auf diesem Weg mit dem vorliegenden Buch *Sprich uns von den Romanen dieser Welt. Der Weg des Wassers* (Herbst 2018). Es geht um den Menschen in seiner Um-Welt, wie der Mensch lebt und mit der Natur und dem Großen Ganzen umgeht. Und es geht um die große Dualität zwischen Liebenden, Erwachten und der schlafenden Masse.
Sein erstes Buch, *Die Gläubigen Ungläubigen* (2016), beschäftigt sich mit der Frage, warum der Mensch gesellschaftlich unter dem Zwang steht, sich zu einer Religion zu bekennen, obwohl doch jedem Menschen das Göttliche innewohnt. Der Mensch hat seinen einzigartigen Gottesglauben in sich selbst verankert. Wer nach Außen zeigen muss, zu welcher Religion er gehört, der heuchelt nur und gibt sich dem äußeren, gesellschaftlichen Traditionen hin.

Burak Tuncel wurde 1985 in Schwetzingen geboren;
er lebt, arbeitet und schreibt in der Umgebung.

Burak Tuncel

Sprich uns von den Romanen dieser Welt

Der Weg des Wassers

~ Zur Poesie Werden ~

Dichterischer Roman

„In dieser Welt, wo der Geist der Kinder vergewaltigt wird, werde ich niemals ihre Welt lieben und akzeptieren können, bis zu dem Tag an dem ich sterbe.“

Albert Camus

DİNCİLER'LE ALLAH ARASINDA, ÇİN SEDDİ'NDEN "DAHA AŞILMAZ ENGELLER" VAR!

Allah size şahdamarınızdan "daha yakın"dır (Kaf Suresi, 16)... İnsan için bundan "daha ileri" bir yakınlık yokken **siz Allah ile aranıza "neler" soktunuz** bir bakın! **Allah ile aranızda "Çin Seddi'nden daha aşılmaz engeller" varken,** siz "nasıl oluyor da" Allah'ı anmaktan ve Allah ile beraber olmaktan söz ediyorsunuz?

Siz kimi aldatıyorsunuz?

Allah ile aranızda efendiler, ağalar, seyyidler, şeyhler, hocalar-hacılar, türbeler-zaviyeler, bezler-çaputlar, cüppeler-kavuklar, şefaatçılar var... Kısacası, Allah ile aranızda "yaklaştırıcılar" var (Bk. Zümer, 3). Peki söyler misiniz, "şahdamarınızdan daha yakın" olan Kudret'le **aranıza bunca malzemeyi** "nasıl" soktunuz? Soktuysanız, Allah size **nasıl** 'şahdamarınızdan daha yakın' olabilir? ("Allah'ı Unutmayın" Yazısı'ndan | "Hürriyet" Gazetesi | 10.12.1999)

Afiş Tasarımı ve
Sayfa Yöneticisi
MURAT YATAĞANBABA

„Dem westlichen Menschen entgeht die höchste Blüte des Lebens, weil er keine Ahnung von den Mysterien der Liebe hat. Der Westen ist sehr arm. Nicht an materiellen Dingen, sondern an Liebe, denn er hat nicht die Kunst des Liebens gelernt wie es Erich Fromm in seinen Werken schreibt. Er hat nicht die Kunst gelernt, in Stille mit jemandem zu sitzen, der überfließt von der Wahrheit, Schönheit und Glückseligkeit, aber es nicht sagen kann. Man muss fähig sein, es zu hören, ohne dass es gesagt wird. Der westliche Verstand hat keine Ahnung. Er kann es nicht sehen, weil er keine Liebenden Augen hat.“

„Ja, ich weine und vergieße Tränen um die Menschheit, doch ich weine im Dunkeln, unter meiner Decke. Ich möchte nicht, dass ihr meine Tränen seht, denn meine Tränen wären schmerzvoll für euch. Meine Tränen wären wie Wunden für euch. Ihr habt nur meine Lieder gehört, aber meine Augen haben auch Tränendrüsen. Diese Tränen gelten den Blinden und den Tauben, den Herzlosen."

Inhaltsverzeichnis

Vorwort

Ramana Maharshi sagt: „Selbsterkenntnis ist eine einfache Sache – die einfachste Sache der Welt. Denn sie ist so nah! Sie ist bereits da, sie ist schon immer da gewesen. Schau einfach nach, geh einfach nach innen, dann bist du kein Bettler mehr, du wirst zum Kaiser, du kommst auf deinen Thron, du wirst gekrönt, du bist ein König. Sieh einfach innen in dir selbst nach" ... Das ist es, was die Sufis sagen. Ramana ist ein Sufi. Ich benutze das Wort Sufi im weitesten Sinne des Wortes. Buddha ist ein Sufi, Jesus ist ein Sufi, Ramana ist ein Sufi. Mit Sufi meine ich jemanden, der Philosophien satt hat, jemanden, der begonnen hat, sich nach der Wahrheit umzusehen, jemanden, der nicht mehr von industriell verarbeiteten Lebensmittel satt wird und auf der Suche nach wahrer Nahrung ist.

Osho, The Perfect Master, Vol. 2, Talk 1

Das Herz möchte sprechen. Das Todesurteil ist gesprochen. Das Herz „Des Menschen" bekommt die Todesstrafe. Die Liebesbriefe des Herzens erreichen den Menschen in seinem Inneren nicht mehr, wahre Poesie ist verschwunden aus unseren Zivilisationen. Das Herz spricht seine letzten Worte, bevor es nun von dannen geht und uns Menschen Herzlos zurück lässt, in einer Welt, in der der kalte Verstand gewonnen zu haben scheint. Die Wege der Schönheit des Herzens sind wie das Wasser. Sanft und voller Zärtlichkeit redet seine Zunge zu den Wesen auf dieser Welt, doch diese Sprache scheint nun endgültig ausgestorben zu sein. Die Schönheit der Bergen und das göttliche Bewusstsein hat die Städte der Menschen nicht erreicht, unten im Tal. Ihre Flüsse sind voller Steine, die sie dem Herzen in den Weg stellen.

Das Wasser, welches der Mittelpunkt und die Essenz des Lebens ist, wird durch Steine aufgehalten. Wir alle sind daran schuld. Die Art wie wir leben, möchte kein Herz in dieser Welt. Meine Worte kommen direkt aus dem Lande des Herzens, während die Menschen aus dem Lande des Selbstbezogenen Ichs reden. Der Mensch von heute sieht nur seine eigenen Bedürfnisse. Diese Art von Menschen ist nur eine lästige Verschwendung an Platz. Wir sind zu viele auf diesem Planeten und Menschen, die keinen Zugang zu den Liebesbriefen des Herzen haben, sollten diese Welt verlassen. Sie sind eine Gefahr für diesen schönen Planeten. Das Leben ist viel zu kostbar für eine Verschwendung an diese Art von Menschen. Die Herzlosen Wesen haben diesem Planeten eine Menge von Grausamkeiten angetan. All ihre Tugenden sind pure Heuchelei, denn die Dialektik des Lebens kann man nicht täuschen, sie fließt mit der Wahrheit.

Die Mehrheit der Menschen hat kein Gespür für die anderen Wesen und Geschöpfe, die mit ihm diesen wunderschönen Planeten bewohnen. All ihr Erstreben ist ihr eigenes Bankkonto dicker zu machen. Auf diesem Weg machen sie sich zum Hofnarren der Menschen, die sie anbeten. Ein Leben, welches auf Knien gelebt wird, egal wie prunkvoll es auch sein mag, ist ein niederes Leben in höheren Welten. Gewiss, Menschen die nur ihr Bankkonto füllen möchten, finden keinen Zugang zu der Sprache des Herzens. Für sie sind diese Worte nur Gefühlsduselei. Sie werden noch etliche Male auf diese Welt kommen müssen, weil ihr Leid und ihre Unwissenheit die Existenz sehr traurig macht. Sensibel gegenüber dem Leben und all seinen Schönheiten zu sein, ist für sie eine Fremdsprache, die sie nicht erlernen wollen.

Die größte Straftat auf Erden ist, nicht sensibel und feinfühlig zu sein. Aber es ist der Ursprung unseres Seins. Die Mehrheit der Menschen hat damit eine kollektive Straftat verübt. Mit sensibel meinen wir in der Sprache der Romane „zur Liebe zu werden" und nicht sensibel gegenüber dem eigenen „Ich" zu sein. In dieser gegenwärtigen Konditionierung des Menschen, besonders in der westlichen Welt, wo die Gesellschaften die Mysterien des Herzens verleugnen, kann und wird keine feinfühlige, sensible Welt entstehen. Das Herz kann sich nicht ausdrücken da es im Gefängnis gehalten wird, dort herrscht stets Dunkelheit.

Seht doch, die Bäume, Blumen und Vögel singen die Lieder der Liebesbriefe des Herzens. Wie schön die Melodien zu uns sprechen. Sie sind sehr sensibel und nichts kann ihre Ewigkeit zerstören. In ihnen singen die Existenz und Gott die schönsten Kinderlieder. Diese Wunderwerke Gottes beuten niemanden aus oder machen gewalttätige Gesten zu anderen Kreaturen um sich herum. Sie sind stets in mehreren Liebesbeziehungen zu Hause. Der Zugang zu ihrem Palast wird den meisten Menschen für immer verschlossen bleiben, da sie gegen das Leben rennen in ihrer Raserei und Blindheit.

Sensibel gegenüber dem Leben zu sein, bedeutet nicht eine Art Emotion oder gar Krokodilstränen zu vergießen um seines eigenen Ego willen, sondern sich in der Einheit der Existenz zu verlieren. Eine Wallfahrt vom Ich zum Göttlichen Selbst zu machen, diese Reise ist der größte Dschihad des Lebens.

Der Mensch und sein Unglück

„Wenn du für eine Blume tiefe Liebe empfindest, dann liebst du sie auch, wenn sie verwelkt. Wenn du für eine Frau tiefe Liebe empfindest, dann liebst du sie auch, wenn sie altert, und wenn es wo weit ist, dann wirst du sie auch lieben, wenn sie stirbt. Es gehört einfach dazu, es gehört zu dieser Frau. Das Alter ist nicht etwas, das von außen hinzugekommen wäre, es kommt von inne. Nun ist das schöne Gesicht voller Runzeln, und du liebst auch diese Runzeln, denn sie gehören dazu."

Osho

Der Mensch hat den Weg des Herzens verlassen. Er hat den Weg der Blumen nicht mehr im Auge, sondern wandelt auf stacheligen Wegen. Er leidet an den Dornen der Stacheln des Verstandes. Sein Elend ist selbst kreiert. Sigmund Freud meinte, dass das Glück auf Erden eine Illusion sei. Dies war seine Schlussfolgerung nach all den Jahren seines Erforschens der Psychologie des Menschen. Sigmund Freud ist nicht zur Liebe heraufgestiegen, da er die Pilgerfahrt zu seinem Herzen nicht gemacht hat. Er blieb stets im Dunklen Tal seiner Konditionierungen. Bäume und Blumen sind glücklich. Sie kennen nur diesen seligen Zustand. Sie wissen nicht wie man unglücklich sein kann. Doch der Mensch leidet und die Menschheit ist zu einer großen Irrenanstalt geworden.

Die Sprache des Herzens redet nicht von Macht, Geld oder Prestige. Auch wenn das Herz dabei äußerlich arm bleiben muss, beklagt es sich nicht über diesen Zustand. Der Weg des Herzens ist der Weg des Wassers. Weich und voller Edelsteine. Das Reich des Herzens ist die Heimat der Schmetterlinge und Vögel. Es hat diese Art und Weise zu leben gewählt. Es ist in diesem liebenden Zustand reich und glücklich, auch wenn die Zivilisation der Menschen dies nicht versteht und ihm das Gewand der Armut anziehen möchte. Nach Macht und Geld zu streben, macht den Menschen korrupt. Innerlich wie auch Äußerlich. Man sieht es in der Aura dieser Menschen. Die Art wie diese niederen Geschöpfe laufen, reden und handeln ist voller Gewalt und Härte. Man sieht es an den Gesellschaften, die sie errichten. Voller Wettbewerb und Streit sind ihre Strukturen. Das Herz möchte das Schicksal selbst in die Hände nehmen und für sich selbst entscheiden. Der Verstand möchte nur gehorchen und sich nicht seiner feinfühligen Vernunft bedienen.

Menschen, die nur sich selbst sehen und wahrnehmen, empfinden alles was sie sagen und tun als richtig. Doch diese Art verletzt all die Kreaturen um diesen Typ Mensch herum. Ego-geleitete Menschen leiden und tun deshalb Unrecht an anderen Wesen. Deswegen haben wir eine Gesellschaft voller Klassen. Dass Menschen andere regieren und Autoritäten aufbauen, ist eine der größten Straftaten auf Erden. Diese Handlungen, andere zu übertrumpfen, beruht auf dem Minderwertigkeitskomplex den sie in sich tragen. Ein Wesen voller Herz und Güte möchte keine Macht besitzen über andere.

Die Schlafenden und die Erwachten

„Jede verwirklichte Seele ist mit einer tiefen Traurigkeit gestorben, weil unsere Sprache so arm ist. Unsere Sprache gehört zum Marktplatz, nicht zum Tempel. Sie ist überaus nützlich, was die Dinge angeht, aber sie wird absolut ohnmächtig, wenn ihr anfangt, tiefer in euer Inneres einzudringen. In der Stille eurer Seele, was ihr dort findet, können Worte nichts ausdrücken."

Osho, Sprich uns von der Liebe

Die Mehrheit der Menschen ist in einem tiefen Schlaf. Dieser Zustand führt dazu, dass wir in Not und Elend heute leben. In der Welt der schlafenden Menschen gibt es viel Vergnügen und Luxus, aber keinen Seelenfrieden. In ihrer biologischen Vernarrtheit wohnen sie im Lande des Schmerzes. Die schlafenden Menschen wollen nur ihre Sinne befriedigen. Das Lied der Ewigkeit erreicht ihre Herzen nicht. Deswegen leben viele Menschen nur um des Essens und ihres Triebes willen. Schlafende rennen von einem Unheil zum nächsten, denn ihre Handlungen haben keine Anmut und keine Schönheit. Alle Intrigen dieser Welt entstehen durch den Willen zum Besitz. Dagegen wissen erwachte Seelen um den Zustand der Liebe zu allen Lebewesen.

Liebende sehen, dass dieses Leben vergänglich ist und sehen dieses Leben nur als eine Zwischenstation auf dem Weg zum Geliebten. Liebende werden zu Poesie. Sie verlieren sich in der Schönheit der Dichtung und ihr Leben wird zu einer Art großem Gebet voller Glanz. In den Tiefen des Herzens befindet sich der größte Schatz.

Die Perle des Edlen ist dem Menschenfreund dort versteckt. Nach einer langen, schönen Pilgerfahrt wird er dort ruhen und zur Glückseligkeit finden. Schlafende haben dort keinen Zutritt weil sie diese Pilgerfahrt als etwas unnötiges ansehen. Sie widmen sich eher der Hurerei auf Erden, um Besitz anzuhäufen und Sklave ihrer eigenen Triebe zu werden. Dies ist der Götzendienst, wie er in den Offenbarungen gezeigt wird und keine theologische Diskussion um ein metaphysisches Wesen. Die Handlung ist das Gebet und ist nicht getrennt vom Glauben. Zu einem Liebenden zu werden und sich von den organisierten Religionen zu befreien, das ist der größte Gottesdienst. Es scheint paradox zu sein, aber nur wer organisierten, institutionellen Religionen und deren Gott verleugnet, nur der erlangt die höchste Weisheit der Offenbarungen.

Höhere Welten bewohnen unser Bewusstsein. Wir jedoch möchten nur unser eigenes künstliches Leben wahrnehmen. In die Tiefen möchte niemand tauchen, sagte einst Friedrich Nietzsche. Nur wer auf das künstliche, tote Vergnügen verzichten kann, wird die Glückseligkeit finden.

Die Menschen wissen um die Wege der großen Propheten und Philosophen und doch scheint ihnen niemand folgen zu wollen. Die Mysterien der Propheten sind immer noch verborgen und warten darauf, gelüftet zu werden. Der Mensch liebt es, Sachen zu verfälschen, die ihm fremd sind oder die er nicht verstehen kann, und genau dies tat er mit den Verkündigungen der Propheten und Philosophen, die im Lande der Erwachten zu Hause sind. All die Welt schaut nach außen, möchte dort Glückseligkeit finden, doch ihr Fundament im Inneren ist schwach, dort wohnen keine schönen Blumen. Der Frühling hat sich diesen Menschen noch nicht gezeigt und deswegen finden sie nicht zum schönen Himmel, wo es kein Leiden mehr gibt, sondern nur noch Ekstase und wahre Religiosität.

Ewiges Kommen und Gehen

„Bitte schließt die Tore wieder. Ich kann nicht eintreten. Ich will warten, bis auch der letzte Mensch in das Paradies gekommen ist. Ich werde die allerletzte menschliche Seele sein, und diese Tore werden sich nie wieder öffnen, wenn ich erst einmal eingetreten bin. Es kann eine Ewigkeit dauern, aber das spielt keine Rolle. Ich sehe Millionen von traurigen Gesichtern, Herzen voller Tränen. Menschen die nie ein Lächeln gekannt haben. Ihr ganzes Leben ist ein Höllenfeuer. Nein, schließt bitte die Tore. Ich fürchte, wenn die Tore offen bleiben, könnte ich in einem schwachen Moment versucht sein, einzutreten".

Siddhartha Gautama Buddha

Schon viele Leben lang komme ich auf diese Welt, und eines scheint sich immer zu wiederholen. Zeiten und Formen ändern sich, doch der Mensch lebt immer im Außen. Er sucht Trost und Frieden in vergänglichen Welten. Als hätte er seine Liebe verloren in äußeren Welten. Weiß der Mensch denn nicht, dass der Geliebte in seinem Inneren zu Hause ist? Wie viele Leben lang muss er denn noch Kriege führen, um dies zu verstehen? Wird jemals die Nacht enden in der sich der Mensch befindet? Fragen über Fragen, die Gewitter in meinem Inneren auslösen.

Zur reinen Musik werden

„Meine Worte sind sehr leicht zu verstehen, sehr leicht zu befolgen. Doch niemand in der Welt vermag sie zu verstehen, niemand vermag sie zu befolgen. Meine Worte haben einen Urheber, meine Werke haben einen Herrn. Nur weil man diesen nicht versteht, werde auch ich nicht verstanden. Die mich verstehen, sind selten, dementsprechend werde ich geschätzt. Darum der Weise, er trägt ein unscheinbares Gewand und birgt das Juwel im Herzen."

Lao-tse, Tao Te King

Er kam in diese Welt an einem sonnigen Apriltag. So mysteriös er kam, so ging er auch wieder von dieser Welt. Die Menschheit lag in geistigen Ketten als er geboren wurde. Was er hinterließ? Diesen Abschiedsbrief an uns:

» Zur reinen Musik werden - ein Mysterium welches nur in der Poesie zu Hause ist. Ziel ist es, das menschliche Bewusstsein in hohe Ebenen zu bringen. In der Liebe bin ich zum Ozean gelangt, darum war mein Lied die Stille. Mein Dasein war die Dichtung. Einen Einblick ins Jenseits findet ihr in den Gemälden meiner Dichtung. Die Tore meines Herzens könnt ihr dort finden und öffnen. Lang waren die Jahreszeiten der Qual unter euch. Ich denke jeden Tag an die Millionen Seelen die umherirren und nicht wissen, was sie tun sollen. Ich liebe es auf der Welt zu sein, auch wenn es dunkle Nächte gibt. Doch mein Frühling ist gekommen, es ist nun Zeit, von euch zu gehen. Fort von dem Lärm der Großstädte. Meine Trauer auf Erden war nicht um meiner Selbst willen. Denn es gibt mich nicht mehr.

Meine Trauer galt den anderen. Die Winde sind meine treuesten Freunde stets gewesen. Sie werden mich bald nach Hause bringen.
Das ganze Leben suchte ich nach Stille. Geld habe ich keines gesammelt. Doch die Samen des Frühlings der Stille werden bald erblühen, nachdem ich fort bin von hier. Was ich hinterlasse ist nur ein Blumengarten vor meiner armen Hütte. Im Vorhof meiner Hütte könnt ihr diesen Garten des Paradieses finden. In diesem Garten pflanzte ich die schönsten Blumen. Sie waren alle meine Kinder. Jede dieser Blumen hat einen eigenen Namen. Ich hatte die schönsten Gespräche mit ihnen, zu jeder Jahreszeit. Sie waren die Dichter und Poeten die ich so vergebens unter den Menschen suchte. Ihre Sprache war feinfühlig, sensibel und zart. Wenn es regnete tanzten die Blumen im Regen und wenn es sonnig war tanzten wir gemeinsam in Sehnsucht an das große Gestirn.
Ihr fragt euch jetzt bestimmt, warum ich in meiner Hütte keine einzige Blume besaß. Nun, das Zuhause der Blumen ist die Mutter Erde. In der Erde ist ihre Heimat. Wie könnte ich denn meinen Kindern den Hals abschneiden und sie damit töten, nur damit sie als Dekoration meiner Hüte dienen? So machen es die meisten Menschen. Sie denken in der Gewalt gegen die Blumen nur an sich Selbst. Sie denken es wäre eine Geste der Liebe, wenn sie ihrem Nächsten Blumen schenken würden und sie aus ihrer Heimat entreißen. Wie falsch sie nur liegen. Augen, die das Leben als eine Einheit sehen und mit dem Ganzen in einer Liebesbeziehung sind, werden niemals Blumen pflücken können. Im Akt des Pflückens werden die Blumen, welche das Abbild des schönsten Gottes sind, ihrer Heimat entrissen und getötet. Es ist wie sein eigenes Kind zu nehmen und ihm den Kopf abzuschneiden, um ihn dann jemandem zu schenken. Aber die Menschen sehen keine Verbindung zwischen ihren Kindern und den Blumen. Sie denken nur an ihre eigenen Kinder, alle anderen Lebewesen interessieren sie nicht. Wenn ihren eigenen Kindern etwas zustößt, vergießen sie heuchlerische Krokodilstränen. Doch wenn andere Kinder jeden Tag am Hunger

sterben oder im Krieg ermordet werden, dann regt sich nichts in ihnen. All die Kleidung die sie tragen, ist das Ergebnis von Kinderarbeit. Aber Hauptsache ihren eigenen Kindern geht es gut. Es sind ja nur die Kinder Anderer, die sterben. Dies ist Götzendienst und pure Spalterei.Wisst ihr nun, warum ich keine Blumen pflücke? Wenn ihr tief in euer Herz hineinblickt und den Kontakt zum Herzen herstellt, nicht nur intellektuell, sondern tief im Geiste, dann werdet ihr verstehen was ich meine und wie die Existenz zu uns redet. Denn ich rede durch sie zu euch. Mich gibt es nicht mehr, nur noch die Existenz «.

Der große Geist

„Verletzen Sie nicht das Herz der Anderen. Das Gift dieses Schmerzes kommt zu Ihnen zurück."

Indianische Weisheit

In allem wohnt der große Geist. Die negative Energie des *weißen Mannes* hat die Beziehung zu unserem Herzen und der Natur blockiert. Pflanzen und Tiere werden nicht angebetet sondern als ein Gut betrachtet, welches man kaufen und verkaufen kann. Wie kann man denn Wasser und Luft verkaufen? Negative Energie macht den Körper und den Geist des Menschen krank. Wir brechen das Herz des Herzens und dieses Gift kommt als böses Karma zu uns im kollektiven Sinn zurück. Wir alle sind Teil der kollektiven Schuld. Unsere Kinder werden uns eines Tages fragen, warum wir weggesehen haben, als unser schöner Planet vom Menschensohn vergewaltigt wurde. Die globale Familie ist das Heiligtum auf Erden, doch die Menschen lieben es zu spalten und in der Dualität Befriedigung zu finden. Das Herz des Menschen wurde ausgepflanzt aus seinem Körper und durch eine Technologie ersetzt, die den Menschen fest im Griff hat. Das Fühlen kommt in unserer Welt nicht mehr vor, denn wenn der Einzelne fühlen würde, würde die Gesellschaft ins Wanken geraten. Aber das passiert leider nicht mehr. Ob man Drogen nimmt oder ein Teil dieser Gesellschaft ist, es spielt keine Rolle mehr. In Allem sind das Herz und die Vernunft betäubt.

Nur in Momenten der Stille können wir den Fluss des Herzens fließen hören. Unsere Städte sind ein Todesurteil für unser Herz, da es hier müde wird. Überall nur große Moralisten mit hohen Werten und tugendhaftem Gerede. Wissen sie denn nicht, dass die Wahrheit nicht ausgesprochen werden kann? Den großen Geist kann man nicht täuschen, der Schöpfergeist nutzt stets Geometrie. Die Bibliothek des Wissens wohnt im großen Geist. Es können nur die Erwachten Seelen Einblick bekommen, in die Bücher der Erkenntnis.

Erwachte Seelen, die um das Mysterium des großen Geistes wissen, beugen sich nicht den konditionierten Kreaturen, denn diese Handlung würde bedeuten, den Schöpfer zu verachten und ihm nicht zu vertrauen. Der *weiße Mann* aber beugt sich seinen Göttern, denn er besitzt viele davon. Im Herzen ist der Tempel der Liebe zu Hause. Die Natur ist stets verbunden mit dem Herzen. Wenn der Mensch die Natur nur konsumiert und nicht selbst zur Natur wird, dann wird sein Herz zu Stein und er wird zu einem *Weißen Mann*, egal welche Hautfarbe er auch haben mag.

Selige Tränen zu vergießen steht nicht jedem Wesen zu auf Erden. Dies ist eine Sache der Bestimmung und die Erwachten Seelen sind stets in der Minderheit. Nur über den Weg der Tränen kann man in das Land des Regenbogens finden. Dort verweilt das Herz in prächtigen, wundervollen Farben.

Keine menschliche Macht kann den großen Geist besiegen. All die Waffen, Hochhäuser, Technologien und Gefängnisse lassen das Herz des Menschen sterben. Doch die Liebe zum großen Geist wird stets siegen, ob hier auf Erden oder in anderen Leben und Dimensionen. Die Liebe kann man nicht bezwingen.

Im Lande des großen Geistes wohnen die Liebenden. Ihre Sprache kann der *Weiße Mann* nicht verstehen. Die Liebenden sind nackt und arm. Sie brauchen keine großen Reichtümer. Ihre Augen sind gefüllt voller Tränen und Schönheit. Ihre Sprache wird noch in der Ewigkeit gesprochen werden, während der *weiße Mann* für immer vergessen wird. Der Lärm der lauten Zivilisationen wird niemals den Weg zum großen Geist finden. Das Herz irrt in den Straßen umher und weiß nicht wohin des Weges.

Liebende Herzen können nur in der großen Stille erhört werden. Die Klänge des Kosmischen erreichen hier das Gehör des Menschen. Die Menschheit wartet immer noch auf den Tag, an dem sie die Hochzeit mit der Existenz feiern kann. Eine Welt, die um die Geheimnisse des Lebens weiß, würde nicht in so einer grausamen Lage sein, in der Wettbewerb alle Herzen vergiftet. Heiraten soll der Mensch die universelle Liebe, die im großen Geist wohnt. In das Reich der liebenden Götter soll der Mensch nun endlich finden, bevor die Zeit zu spät ist. Das Lächeln der Liebenden öffnet himmlische Tore und all die Verschleierung im Kopf des Menschen wird beseitigt.

Ja, das Leben ist wie eine lange Schiffsfahrt über das weite Meer. Wieso kann der Mensch sich nicht aufmachen zu unbekannten Kontinenten und Ufern? Weshalb bleibt er stets im Lande seiner Ahnen und kann sich nicht von seinem Stamm trennen? Er möchte das Leben nicht zu höheren Welten vorantreiben. Sein egozentrisches Verhalten hat uns in diese Misere geführt. Wieso möchte er nicht die himmlische Ehe erleben, sondern vergnügt sich mit der irdischen Vermählung? Der Bote des Herzens klopft an seine Türe, zu jeder Stunde seines Daseins, doch er möchte die Türe nicht öffnen. Es muss die Furcht vor der Liebe sein, schätze ich. Im Garten der Liebe wohnen die majestätischen Blumen. Ja, für die Biene ist die Blume der Bote der Liebe, sagt Khalil Gibran, doch für die sterbliche Masse gilt dies nicht. Sie möchte keinen Boten der Liebe in ihrer Welt dulden. Zu gefährlich ist dieser für ihre künstliche, tote Ordnung.

Ihre Welt ist eiskalt. So lasset die Sonne scheinen über eurem Land. Ihr werdet sehen, der Schnee wird schmelzen und mit ihm alles Böse. Lasst die Existenz in euren Herzen wohnen. Ihr Beitritt wird Liebende aus euch machen. In der universellen Sonne wird euer Leid verschwinden, ihr werdet sehen. Das Vergängliche gleicht den intellektuellen Menschen. Sie häufen Wissen an, und doch finden sie nicht zur Weisheit, die ewig ist.

In prachtvollen, geschmückten Palästen findet das Herz keine

Wohnstätte, da dies alles vergänglich ist. Die vergänglichen Wesen möchten durch die Paläste nur ihre Macht darstellen, aber diese Handlung beruht auf Unwissenheit. In das Hause der göttlichen Vernunft kommen nur Herzen hinein, deren Trachten nicht die Macht ist. Das Herz ist sanft wie eine Rose. Menschen die ein Auge für sanfte Welten haben, können nur die Zartheit des Lebens erfühlen. Jene Menschen sehen die Zartheit und Verletzbarkeit in allen Wesen und möchten in der göttlichen Harmonie leben und keinem Schaden zufügen. In jedem Winkel der Erde kann man die Liebe sehen, wenn man die Konditionierungen ablegt. Hinter den Wolken scheint stets die Sonne. Die Sonne ist das Milde im Milden und das Sanfte im Sanften. Sie wärmt alle Wesen in der Welt. Doch die Menschen schaffen durch ihre egoistische Art zu leben große Unordnung. Die Augen der Herde scheinen blind zu sein für den verborgenen, kosmischen Ablauf.

Ich sehe so viele verwirrte Seelen auf den Straßen herumlaufen. Sie wissen nicht wohin mit sich, doch wenn man sie fragt, scheinen sie alles zu wissen. Dies muss die größte Unwissenheit sein. Diese Art von Geschöpf sieht die Erde nicht als das heiligste Antlitz Gottes. Deswegen tötet es andere Lebewesen um sie zu essen und dann in ihre eigene Lieblosigkeit zu verfallen. Es braucht Augen der Liebe um den großen Geist zu sehen.

Die Weibliche ist das Herz und das Männliche der Kopf. Mann und Frau sind heute nicht gleichberechtigt. Die Frau kommt in dieser Gesellschaft nicht vor. Und zwar nicht aufgrund des biologischen Körpers, sondern der Verleugnung des Herzens und der Poesie. Wer das Gegenteil behauptet ist gegen das Leben und seine existenziellen Gesetze. Eine Welt, in der die Frau gleichberechtigt ist, wäre voller Poesie und Dichtung.

Sobald das Herz zu seiner vollen Blüte findet, ist der Mensch Zuhause angekommen. Im Herzen wohnen die Wege der Tränen. Aber der Kopf blockiert die Wege der seligen Tränen. So lasse die Tränen fließen mein Freund. Finde zum Herzen, welches die

Weibliche Poesie ist und du wirst sehen, deine Poesie wird ein Lächeln bei der Mutter Natur auslösen. Es sind die Intellektuellen Menschen die das Herz verleugnen. Untergehen sollen sie in ihrer Unwissenheit.

Die Leute tadeln mich

„Die Menschen hungern, weil die Herrschenden zu viel Steuern verschlingen, darum hungern sie. Die Menschen sind schwer zu leiten, weil die Herrschenden sich störend einmischen, darum sind sie schwer zu leiten. Die Menschen nehmen den Tod zu leicht, weil die Herrschenden zu sehr am Leben hängen, darum nehmen sie den Tod zu leicht. Doch nur, wer nicht am Leben klebt, ist weiser als wer's üppig lebt."

Lao-Tse, Tao Te King

Unbedacht, nennen sie mich. In der Ferne höre ich ihr Geschrei. Es ist der Zorn der Geschäftigkeit auf dem Marktplatz. Sie sind erzürnt und möchten meinen Geist an den Teufel übergeben. Die Masse hat sich versammelt und alle warten auf meine Hinrichtung. Was soll mein armes Herz nun sagen?

Kein Zweifel, sie müssen wohl Recht haben in ihrem Vorhaben. Dieses Bild auf dem Marktplatz lässt Wolken auftürmen und es wird ganz dunkel um mich herum. Sie bewerfen mich mit Steinen, obwohl sie selbst voller Sünden sind. Hinter ihrer Unbewusstheit sehe ich den schönsten Himmel und kann hinter dem Berg ihrer Taten sehen, wie der schönste Schöpfer mir voller Liebe zuwinkt. Aus ihrer Sicht muss die Masse wohl Recht haben. Sie kamen mit ihren Gesetzen und Geboten, um unsere Seelen an einem Baum festzubinden und um die Poesie aus ihrem Leben zu verbannen. Aus dem Weg ging ich ihrer Welt, daher ihr Zorn und Wut.

Nur in die Hände der Liebe lies ich mich fallen, dort herrscht Freiheit. Versäumt habe ich womöglich das Leben des Marktplatzes, aber soll es doch so sein. Ich wartete auf die Liebe und folgte nur ihren Geboten.

Im Garten der Schönheit legte ich den Anker nach einer langen Reise über das weite Meer. Großen Kummer erlitt ich auf dem Festland. Sichtbare Schönheit und Sinnhaftigkeit wohnt im Garten der Schönheit, wo die Dichter verweilen. Moralische und intellektuelle Prinzipien haben in diesem Garten keinen Einlass.

Die Menschen begnügen sich mit dem Vergänglichen, die Dichter widmen sich dem Entdecken ihrer Seele. Viele Tage habe ich im Kampf um Gut und Böse verbracht, heute weiß ich, dass sie alle zu einer Familie gehören.

Der Spiegel der Liebe

„Wahre Worte sind nicht schön, schöne Worte sind nicht wahr. Der Gute redet nicht gefällig, wer gefällig redet, ist nicht gut. Der Weise ist nicht gelehrt, der Gelehrte ist nicht weise. Der Weise häuft keinen Besitz an, je mehr er für die Menschen tut, desto mehr besitzt er. Je mehr er den Menschen gibt, desto mehr empfängt er. Das Tao des Himmels ist, nützen, ohne zu schaden. Das Tao des Weisen ist, tun, ohne zu streiten."

Lao-Tse, Tao Te King

Wir schauen nicht in den Spiegel der Liebe. Große Furcht haben wir vor unserem eigenen Herzen. Die Kultur des Gehorsams in unserer Gesellschaft hat uns entmenschlicht. Wir bewegen uns nicht mit dem Kreislauf des Lebens und seinen Jahreszeiten. Mitmenschlichkeit scheint nur eine Dekoration in den Schaufenstern der Kaufhäuser zu sein. Wir unterdrücken unsere Gefühle und das Herz verstummt und verlernt das Singen. Wir denken, dass wir selbst nicht gehorsam sind, doch in einer Kultur der Knechtschaft können keine feinfühlenden Prinzen erzogen werden.

Die perfekte moderne Welt, wie sie uns heute verkauft wird, basiert auf großen Lügen. Darin kann der Mensch nicht zur vollständigen Freiheit gelangen, denn in ihren Gesellschaften wohnen sich selbst verleugnende Menschen. Die Angst, ungehorsam zu sein, führt dazu, dass wir uns mit dem Unterdrücker verbünden und vom Ufer der Liebe an die Küste der Gewalt schwimmen. Die Fesseln der Mächtigen sind so tückisch, dass wir sie schon gar nicht mehr wahrnehmen. Unsere Gehirne und die Programmierung unseres

Denkens sind so, wie sie uns haben wollen. Aber das sind nicht unsere wirklichen, eigenen Gedanken, die vom Tempel der Liebe stammen. Es braucht feinfühlige Intelligenz, um diese Knechtschaft wahrnehmen zu können, um dagegen zu rebellieren.

Wir beugen uns dem Willen der Anderen, ohne es zu merken. Deshalb ist der Geliebte traurig. Unseren Kindern wird die Perle der Seele gestohlen und die Sklaverei fängt schon in Kinderjahren an. Die Kultur unserer Ahnen ist die größte Bedrohung. Wir dulden das Fremde nur aus Huld und nicht weil wir es lieben. Deswegen basiert jegliches Verhalten aus Treue im Ursprung aus Gehorsam. Dies führt dazu, dass wir den Verlust des authentischen Lebens erleiden.

Die Quelle des Lebens wird abgetrennt, indem man uns Schuldgefühle suggeriert. Wer in dieser Gesellschaft nicht stark, aggressiv und voller Wut ist, dem werden alle Türen verschlossen und er bleibt auf der Strecke. Aus der Minderwertigkeit, die uns aufgedrückt wird, schöpfen die Mächtigen ihre Macht über uns. Die Wege der Liebe werden auf diese Weise verschlossen und der Massenmensch muss die Wege gehen, die ihm gezeigt und vorgegeben werden. Wer sich so verhält wie es die Götzendiener wollen, bekommt von ihnen materielle Belohnung, als Belohnung für die Sklaverei. In schönen Häusern lassen sie uns leben, damit wir die Knechtschaft nicht bekämpfen wollen. An dem Tag erst, an dem der Mensch seinem eigenen Herzen dient, wird diese schmutzige Politik vom Erdboden verschwinden.

Erst bekämpft man die Schönheit des Herzens und dann kommen die Priester der Neuzeit ins Spiel. „Die Psychologen." Sie sind das Priestertum von heute. Die Lehre des Sigmund Freud kann den Menschen nicht erlösen, da er sich selbst nicht kannte und nicht zum Tempel der Liebe fand. Der westliche Verstand ist beschränkt. Er kennt die Dimensionen des Göttlichen nicht. Deshalb möchte die Masse den wenigen liebenden Wesen das Leben so schwer wie möglich machen. Da sie keine Liebe in sich selbst haben und die Sterne ihres Selbst noch nicht gefunden haben, bereitet es ihnen riesige Freude die einzige weiße Rose in einem Blumengarten voll roter Rosen zu pflücken und damit umzubringen. So hat es die Menschheit stets gemacht. Dies ist auch der eigentliche Kampf der Geschichte der Religionen. Es war nie eine Frage der Theologie, ob es Gott gibt oder nicht. Sondern der Kampf der Liebenden gegen die Masse der Unbewussten.

Der Hass auf das Fremde ist die Abstoßung des eigenen Herzen im Mensch selbst. Deshalb hat Fremdenhass immer mit Selbsthass zu tun. Der Feind im Anderen ist eigentlich im Ursprung der Feind in einem Selbst. Menschen, die keinen Zugang zum Tempel der Liebe haben, hassen das Leben. Deswegen ist das Wort „Toleranz" im Westen ein hässliches Wort. Es bedeutet, dass man andere aushält und duldet. Doch es passiert nicht aus Liebe. Dies ist sehr hässlich. Die angeblichen, vorgetäuschten Liebesbeziehungen in der Gesellschaft sind in Wahrheit keine Liebe. Es geht eher um Gehorsamkeit. Täter und Opfer sind in diesem Fall beide Gewalttäter. All poetische Lyrik ist in diesen Beziehungen längst gestorben.

Die Basis unserer Kultur ist das Bestreben nach Besitz. Alle Gewalt geht von Besitz aus. Besitzen und Beherrschen lässt das Herz erblinden. Das Leben kann man nicht besitzen. Dies ist die größte Kriminalität etwas besitzen zu wollen. Seelen, die gegen die Entfremdung der Seele kämpfen, sind das Salz der Erde. Ihre innere Rebellion bedeutet wahre Religiosität. Sie wurden von der Gesellschaft zu Kranken gemacht. Nun holen sie sich ihr Recht und ihre Gesundheit zurück. Dabei ist die Gesellschaft pathologisch und schwer erkrankt. Diese erhabenen Seelen bleiben deshalb immer Außenseiter in den Augen der Gesellschaft. Man kann ihre Gegenwart nicht dulden.

Die Angepassten sind in Wirklichkeit die schwer Erkrankten. Ihr Herz wohnt im Lande des Todes. Die Götzendiener warten nur darauf, dass man sich ihrer verlogenen Gesellschaftsstruktur beugt, oder sie stempeln dich als krank ab. Die Angst vor einer schönen poetischen Welt frisst die Seelen der Masse auf. Im Westen gibt es so viele Götter. Sie heißen Wettbewerb, Autorität, Besitz, Macht, Ruhm und die Masse betet diese Götter zu jeder Stunde ihres Daseins an. Der Tempel der Wirtschaft bietet ihren Gläubigen prächtige Gottesdienste an. Dort werden die Götter des Geldes angebetet, ohne dass die Menschen es bemerken. Die größte Inquisition findet in diesen heutigen Tagen statt. Die Ausbeutung vom Individuum findet in dieser Religion Heimat. Deswegen sehen wir nur Automaten in Form von Menschen auf den Straßen.

Der Kampf gegen den Gehorsam kann nur mit dem Herzen gewonnen werden. Nur der Samurai des Herzens hat das Gegengift gegen die herrschende Religion des 21. Jahrhunderts. Die Koordinaten der Erlösung sind im Schwert des Samurai versteckt. Voller Empathie und Mitgefühl ist das Schwert des Samurai geschliffen. Wer den Koran mit seinem Verstand und Herzen liest, für den sind meine Worte keine Zauberei. Leider ist das Mysterium des Korans bis heute noch nicht gelüftet worden. In meinen Werken wird der Schleier der schönsten Braut gelüftet und wir bekommen Einblick in ihr Reich, den Koran.

Augenblicke der Gunst

„Besteht Lehren etwas darin, auf ein Podium zu steigen und auf die Leute einzureden? Lehren ist einfach die Übermittlung von Erkenntnis und kann im Grunde nur schweigend geschehen. Was halten sie von einem Menschen, der sich eine Stunde lang eine Predigt anhört und dann weggeht, ohne so beeindruckt zu sein, dass er sein Leben ändert? Was ist besser? Wirkungslos laut zu reden oder schweigend dazusitzen und eine innere Kraft auszusenden?"

Ramana Maharshi, Sei Was du Bist

O Leben meines Lebens,
mein Bemühen ist dich eines Tages wieder zu Sehen. Mit den Augen dieser Welt werden wir uns nicht mehr sehen können, leider. Doch im Herzen dieses Lebens wirst du für immer anwesend sein. Deine lebendige Berührung machte einen Dichter aus mir, dies sollst du wissen. Tränen benetzen meine müden Augen wenn ich in Gedanken bei dir bin. Du brachtest die göttliche Symphonie in mein Herz. Freudetrunken von deinen Küssen verlor ich mich selbst, damit die Welt mich niemals mehr vergisst. Ich lausche in die Stille und kann dich erfühlen. Sprechen möchte ich zu den Menschen, singen möchten meine Lippen deine Gesänge, doch kommt aus meinem Munde kein Wort heraus. Schützen möchte ich deine Perle vor all den dunklen Geistern der Welt. So schluchze ich, und singe in tiefer Stille deine Lieder. Deine Küsse brachten den schönsten Sommer, nun sitze ich regungslos da, in Sehnsucht an deine Liebe.
Nein, Kleid und Schmuck begehre ich nicht mehr. Die Menschen haben Furcht ihr Ansehen zu verlieren. Nackt laufe ich umher in

23

ihren Welten ohne den Kittel der Heuchelei den sie mir gaben als ich auf diese Welt kam. Du zogst mir dieses Kleid aus und wir wurden zur Liebe. Die Reichen sind die größten Bettler, da sie künstliche Gewänder anhaben. Nackt bedeutet Gott zu sehen. Seine Liebe und Güte wahrzunehmen. Den Religionen den Rücken zuzukehren bedeutet dem Schöpfer zu begegnen. Die Reise zu Dir, meine Liebe, dauert lang und der Weg war weit. In der Wildnis der Zivilisation verlor ich fast meine Seele, doch deine Liebe rettete mich.

Der Wanderer der Liebe klopft an viele fremde Türen nun, um die richtige Person zu finden. Doch nicht jede Blume gibt einem den schönsten Nektar. Deine Liebeslieder werden stets ungesungen bleiben Liebling. Die Blüten der Liebe öffnen sich nicht mehr für die Menschheit heutzutage. In der Hoffnung dich eines Tages zu sehen, sind meine Begierden versteckt. Mein Weinen erzeugt womöglich Mitleid, doch brennen möchte ich in meinem eigenen Feuer und das Nehmen soll mir verwehrt bleiben. Liebende sind stets Gebende. Sie kennen das Nehmen nicht. Du gabst mir den göttlichen Wein. Trunken wurde ich davon.

Menschen um mich erkennen mich nicht mehr. Ich kann sie flüstern hören. Sie sehen in mir ein geistig verwirrtes Wesen. Ewig werden sie dem Geheimnis des Lebens fremd bleiben, da sie die Künste der Liebenden nicht anerkennen.

Als deine Seele von dieser Welt ging, da verblühte der Frühling in mir. Für ewige Zeiten nahm der Frühling Abschied. Der Tag neigt sich dem Ende zu. Ohne dich werde ich sterben. Die Vögel singen nicht mehr. Wo sind all die Farben hin? Alle anderen Menschen sehen diese Farben, doch mir bleiben die Tore der Farben verschlossen. Mein Proviant auf dieser Reise geht wohl nun zu Ende. Mein Gesicht ist voller Staub an Tagen ohne dich. Erschöpft ist mein Schlaf bei Nacht, und hört die Nachtigallen nicht mehr singen. Deine Liebe war die größte Andacht in diesem Leben. „Der Gottesdienst der Liebe." Ohne dich sind meine Augen müde, mein Herz trostlos. Wie Dornröschen bin ich in einem tiefen Schlaf gefangen. Ja, ich weiß, ganz gewiss. Dein Kuss wird mir für immer verwehrt bleiben. Aus diesem dunklen Schlaf werde ich nicht mehr erwachen.

Licht, wo ist das Licht? Ohne deine Kerze sind die Tage kalt und das brennende Verlangen nach dir bringt meinem Körper Gewalt.

Fliehen kann ich nicht mehr aus diesem Labyrinth. Zu sehr verstrickt bin ich in den Wegen der Dichter. Gefangen bin ich im Lande der Poeten. Aus diesem Lande zu entfliehen würde den Tod der Liebe bedeuten. Welch selige Gefangenschaft hier in dem Land der Dichter. Dies passiert nur auserwählten Seelen.

Groß ist meine Schuld, schwer wiegt mein Verbrechen. Große Schande kommt über mich. Meine Gebete werden nicht erhört, da mein Geist verdorben ist. Etliche Male machte ich mich auf den Weg zu unserem Liebesort, wo wir uns immer trafen. Doch verdient habe ich nicht, dich zu sehen. Mit allen Mitteln versuchten sie unsere Liebe zu zerstören. Es scheint, als hätten sie in weltlichen Ebenen gewonnen. Doch sie wissen nicht, dass die Liebe stets gewinnt, in allen Welten. Die Wege der Liebe sind mysteriös und nur die sehenden Augen wissen um ihre Weisheit und können ihre Freudentänze sehen.

Ja, es gab Stunden, in denen mein Herz steinhart wurde. Schützen wollte ich mich vor deiner Liebe. Doch wie ein Vulkan öffnetest du die Tore dieses Bettlerherzens. Voller Zärtlichkeit und Güte.

Die Zeit vergeht, die Falten an meinen Augen singen deine Lieder. Sie singen ganz alte und müde Melodien. Im Schatten des Abends meines Lebens fallen die Augen zu. Meine Blicke sind gesenkt, mein Rücken gekrümmt. Die Menschen möchten mit mir reden. Doch gebe ich ihnen keine Antwort mehr. Sie sollen nicht wissen, dass ich auf dich warte. Derweil rede ich mit mir selbst und die Menschen lästern über mich. Sie stempeln mich ab mit ihren gewaltvollen Blicken.

Sanft sind die Winde deines Blickes gewesen. In Zeiten der Bedrückung hörte ich deine Lieder. Sie brachten mich wieder auf den Pfad der Liebe zurück. Das Leben ist voller Unruhe ohne deine

Liebe. Fast vorbei sind nun die Nächte, die ich auf dich wartete. Wirst du bei Sonnenaufgang bei mir sein? Der Mond, am Morgen wieder in einen tiefen Schlaf versunken, genau wie mein einsames Herz. Lasst mich ungestört schlafen, blinde Masse. Eure Blindheit ist dem Liebenden ein Dorn im Auge.

Bettelnd zog ich durch verschiedene Welten, um dich wiederzusehen. Ich sah in allem deine Schönheit. Sie warfen mir Almosen zu. Wo hat man gesehen dass die Liebenden Almosen annehmen? Sie sind die Erhabenen und Reichen hier auf Erden.

Ja, ich habe keine Talente. Das einzige was ich kann, ist dich zu lieben. Meine Augen sind überflutet und das Schiff der Liebenden scheint nun unterzugehen im schönsten Ozean. In der Ferne sieht man die Kinder des Regenbogenlandes. Sie bauen Häuser aus Liebe und ihre Schönheit ist nicht von dieser Welt. Das Schiff meiner Traurigkeit wird vermutlich die Küste nicht mehr erreichen. Aus der Ferne kann ich ihre Liebe erfühlen. Das Schiff ist nun am Untergehen. Ich verließ auf dieser Seereise meine vertraute Heimstätte, um an den Brüsten der Liebe zu saugen. Die Gebete meiner Mutter wurden erhört. Der Tag ist für mich nun vergangen. Werde ich heimkehren nach meinem Tode oder werde ich in der Hölle landen? Ich beuge mich meinem Schicksal. Die Götzendiener schickten mich schon zu Lebzeiten in die Hölle.

Ja, dort möchte ich wohnen. Mit den anderen Liebenden wird es sich bestimmt sehr schön leben lassen im Fegefeuer. All die bösen Menschen sollen im Paradies wohnen. Das Meer verrichtet sein Tagewerk und das Schiff sinkt nun. Mutter, so weine nicht. Die Tränen meines Kummers lasse ich dir zurück, als Zeichen der Segnung. Der Tod steht vor meiner Tür und bittet mich mitzugehen. Besitz habe ich nicht. Nackt folge ich ihm aus dem Haus hinaus. Liebster Tod, ich bin dein Diener. Lass uns so schnell wie möglich eilen von dannen. Die Heimkehr verlangt mein Herz. Die kalten Wintertage sind endlich vorbei. Der Tod brachte den schönsten Sommer.

Abschied darf ich nun nehmen. In meinen letzten Momenten denke ich nur an dich, mein Liebling. Ich verneige mich vor dem Leben und all seinem Segen. Schlüssel zu meiner Wohnung besitze ich nicht, da ich bettelarm bin. Den Weg der Schönheit können nur arme Seelen gehen. So fragt mich nicht, was ich mitnehme. Vielleicht gibt es ja einen gütigen Menschen, der mir ein Hochzeitskleid schenken kann? In der Stunde des Todes finde ich zu meiner Geliebten, um die goldene Hochzeit zu feiern.

Der Tanz der Poesie - das Weibliche

"Der intuitive Geist ist ein Geschenk und der rationale Geist ein treuer Diener.

Wir haben eine Gesellschaft erschaffen, die den Diener ehrt und das Geschenk vergessen hat. "

Albert Einstein

Das Weibliche ist der Liebesbrief der Poesie an die Menschen. In ihr schwingen die Energien der Liebenden. Was bedeutet wahre Liebe? Jene die nie zusammenkommen sind im Lande der Liebe Zuhause. Ein Junge liebt ein Mädchen. Sie dürfen in dieser Welt nicht zusammenkommen. Dies bedeutet Liebe in der Welt der Liebenden. Das Wort Liebe wird jedoch in unserer Welt von den Menschen so oft benutzt, die vom Mysterium der Liebe nichts wissen und glücklich heiraten und zusammenleben.

Das Weibliche möchte uns jeden Tag von ihrer Poesie erzählen. Doch die Gesellschaft blockiert alle Wege zur Poesie und damit zur Weiblichkeit. Mann und Frau sind zusammen seit Jahrtausenden. Sie bringen Kinder zur Welt und doch bleiben sie sich fremd. Das Männliche regiert in allen Beziehungsformen, deswegen ist die Poesie aus unserem Leben verschwunden. Die Welt hat riesengroße Angst vor der Poesie der Weiblichkeit. Die Welt des hässlichen Mannes ist geprägt von Logik. Die Weibliche Poesie, die schönste Station im Leben. Sie kann man nicht täuschen. Sie weiß um die Liebe. Das Weibliche lebt im Vertrauen an die Liebe.

In euren Universitäten und Schulen wird das Primitive gelehrt. Das Herz und das Weibliche wird dort nicht unterrichtet. Der westliche

Verstand ist männlich. Er gehört zur Kultur des heidnischen Heldentums. Er betet die Macht und das Harte an. Die Poesie dagegen ist zart und feinfühlig. Solange die Menschen sich nicht dem Poetischen widmen, wird die Menschheit stets in Dunkelheit leben. Der Weg des Wassers ist ein heiliger Weg. Weich und Weiblich. Sanft und Gewaltlos. Das Männliche ist der Fels der im Wege des Wassers ihr den Weg blockiert. Und doch bezwingt das Wasser den Felsen obwohl es weicher zu sein scheint. Auch wenn die harten Menschen meinen, dass sie über die Welt regieren, so ist es das Wasser welches früher oder später immer siegen wird. Es ist die göttlichste Wahrheit. Das Aggressive Männliche wird in seiner eigenen Gewalt zugrunde gehen.

Weich zu werden wie ein Rosenblatt. Dies sollte das Bemühen jedes Menschen sein in diesen Welten. Der vollständige Mensch scheint noch nicht geboren zu sein, da er den Weg der Rosenblätter noch nicht gegangen ist. Es gab zwar bisher Männer und Frauen, doch das Weibliche, Poetische wartet immer noch auf seine Geburt, wonach alles Gift zu Honig werden wird.
In der Heimat der Poesie wohnen die Liebenden Dichter. Ihre Tränen erweichen das Herz der Welt. Durch sie fliegt das Leben zu neuen Höhen und weiteren Himmeln. Tränen sind verschwunden aus der Welt. Die Menschen vergießen nur noch Krokodilstränen, die gefälscht sind. Sie kommen aus ihrem Ego. In einer Welt wo es keine göttlichen Tränen mehr gibt, da werden Gewalttäter geboren in Form von Politikern, Geistlichen, Polizisten und Rechtsanwälten.

Wahre Liebende finden niemals zueinander. Eure weltlichen Ehen und Gesetze töten die zarte Liebe. Deshalb gibt es in eurer Welt auch keine wahren Liebesgeschichten. Romeo und Julia, Jack und Rose, sie sind Fremdworte in eurer Welt. Die Art und Weise wie ihr lebt verhindert, dass wahre Liebe geschehen darf.
Eine neue Welt ist unser Traum. Wir, die Liebenden, die stets auf

dem Weg der Liebe starben, wissen um dieses Mysterium. Die ganze Existenz ist unsere Geliebte. Überall wo wir hinsehen, können wir ihr wundervolles Antlitz sehen.

Unsere Träume

„Ein Verwirklichter sendet Wellen spiritueller Kraft aus, die viele Menschen anzieht. Er mag dabei in einer Höhle sitzen und schweigen. Wir können uns lange Vorträge über die Wahrheit anhören und doch kaum etwas begreifen, doch wenn wir in Verbindung mit einem Verwirklichten kommen, werden wir sofort begreifen, obgleich er nichts sagt. Er braucht nicht an die Öffentlichkeit zu treten. Wenn notwendig, kann er andere als Instrument benutzen."

Ramana Maharshi, Sei was Du bist

Dies ist das Leben, kleiner Junge. Es lässt dich tausende von Kostümen anziehen. In unserer Liebe sind unsere Augen rein und unsere Herzen weit offen. Was schaust du mich denn so verwirrt an, kleiner Junge? Ja, im Zustand der Liebe singen unsere Seelen den Tanz der Verrücktheit. Es mag für dich aussehen, als wäre unser Geist verwirrt. Doch wir tanzen im Blumengarten der Liebe die chaotischsten Tänze. Die Menschheit denkt über uns, dass wir verrückt wären.

Was ist denn, wenn ich blind vor Liebe bin? Sollte ich lieber wie sie in der Blindheit ihrer Begierden leben? Sollte ich wie sie dem blinden Besitz folgen? Liebe kann ohne zu teilen nicht passieren. So teilen wir unseren Kummer mit der Welt. Wesen, die noch in ihrem inneren Garten voller Lebendigkeit sind, werden unseren Kummer verstehen können. Doch gebe acht, kleiner Junge. Die Liebe ist wie ein Schwert. Ihre Wege sind gefährlich und voller Hügel. Liebe wirst du nicht mit jedem Menschen teilen können, da die Mehrheit der Menschen unseren Blumengarten nicht mag. So schwimme nur im

Ozean der Liebenden. Denn die Flüsse der Masse sind verschmutzt und haben keine Tiefe.

Liebe bedeutet zu gehen. Fern weg von deinem Stamm und deiner Identifikation, die sie dir gaben. Kleiner Junge, so verkaufe niemals unsere unendlich schönen Träume an das Vergängliche. Wir, die dem Himmel dienen und mit der Existenz von Traum zu Traum fliegen, wissen um den Weg der Schönheit, gewiss.

Schau, in uns scheint der Mond, und die Dunkelheit macht Liebe mit dem Licht. Solange ihre Welt nach dem »Ich« und dem »Meins« schreit, sind all ihre Werke sinnlos.

Getrennt vom Geliebten

„Wir brauchen nicht mehr Moslems oder mehr Christen oder Hindus. Wir brauchen mehr Buddhas, mehr Mohammeds, mehr Jesus und mehr Krishnas. Nur dann wird der wahre Wandel stattfinden. Jedes menschliche Wesen birgt dieses Potenzial in sich."

Sadhguru

Du hast meine Liebe auf dich gelenkt, Oh schönste aller Schönheiten. Ganz tief schlief ich in meiner dunklen Kammer. Meine Flügel waren gebrochen, meine Zunge schwach. Ohne dich fürchte ich mich sehr. Nein, nicht vor dem Leben oder den Menschen. Meine einzige Furcht ist, dich nicht mehr sehen zu dürfen in diesem Leben. Der Palast meines Herzens zittert in deiner Abwesenheit.

Du sagtest „Wer liebt, der versteht." Damals wusste ich nicht, was diese Worte bedeuten. Heute weiß ich es, Oh schöner Geliebter. Seit du gibst, bin ich bettelarm. Die Leute wissen nicht was um mich passiert. Sie ignorieren mich, weil sie die Wege der Liebe nicht verstehen. Mein Geliebter, die Menschen ignorieren stets das Unbekannte und was sie nicht verstehen können. Durch deine Liebe ist mein Herz stets geschmückt mit den schönsten Blumen. In deinem Tempel fühlte ich mich am wohlsten. In deinem Land gab es keine Zweifel und keinen Kummer.

Der Glanz deiner Liebe hat mich erlöst von dieser Welt nun, in der die Menschen die Macht anbeten, ihren einzigen Gott. Diese Welt gehört den Dieben und Korrupten. Doch sie können durch ihr Verhalten nicht zu den Ufern der Liebe schwimmen. Schau Geliebte, das Leben fließt und die Menschen tun ihre Werke, doch die Liebenden sind ihnen fremd.

In deiner Liebe trank die Biene meines Herzens den süßesten Nektar...

Die Blume und der Stein

„Die Menge ist groß, aber der Menschen sind wenige."

Diogenes von Sinope

Wird es bald Frühling werden? Der Tag, an dem wunderschöne Blüten vom Himmel auf uns herab regnen, sollte unser Erstreben sein. Die Vereinigung mit dem Geliebten.

Doch die Menschheit scheint sehr weit entfernt zu sein von der Hochzeit mit dem Geliebten. In ihrer Welt leben die Menschen kein Leben wie die Blumen. Sie möchten nicht zu Blumen werden. Sie ziehen es lieber vor als Steine zu leben. Hart und Gefühllos. Ihr ganzes Leben ist der Gewalt gewidmet. Und diese Gewalt richtet sich gegen die Blumen. Sie möchten, dass alle Blumen aus der Welt verschwinden. Ich frage mich, wird das Zeitalter noch kommen, in dem das Schöne den Sieg über das Ungeheure davon tragen wird?

Die Arroganz der Menschen aus Stein ist nicht mehr auszuhalten. Sie führt zu Tränen in meiner Seele wenn ich sie mir ansehe. Warum nur diese Arroganz? Habt ihr denn dieses Leben erschaffen? Diese Arroganz wird uns nicht in das Land der Blumen führen. Es ist gegen die Natur des Lebens. Das Leben funktioniert nicht auf diese steinige Art und Weise. Ich kann ihre Arroganz und Eitelkeit in ihrem Gang sehen, wie sie essen und sich unterhalten. Diese Art von Kreatur ist es, welche den Krieg und Gewalt der Welt bringt. Sie haben keine Ehrfurcht vor dem Leben. Ihre Körper sind voller Trägheit.

Unsere Kultur ist aufgebaut auf den Prinzipien der Arroganz. Die Göttlichkeit in Erwachten Menschen ist jedoch mitfühlend und voller Ehrfurcht vor allen Wesen. In all ihrer Arroganz und Unwissenheit trägt jede ihrer Handlungen zur Misere der Welt bei. Sie wissen nicht um die Konsequenzen ihrer Taten an einem anderen Ende der Welt. Die Intelligenz der feinfühlenden Liebenden wird ihnen für immer verwehrt bleiben. Doch eure Welt ehrt diese Art von Mensch. Sie regieren in allen Positionen und Kasten. Ihr Intellekt ist vergänglich und hat keinen Zugang zur Liebe. Sie haben sich in ihrer Arroganz eine künstliche Welt erschaffen, welche sich richtet gegen das liebevolle Wasser. Diese Masse ist verseucht. Die Menschheit wird einen teuren Preis dafür zahlen, dass sie sich so eine Kultur aufgebaut hat. Auf ihren Wegen wachsen keine schönen Blumen.

Die Existenz wird diesen Menschen früher oder später ihre verdiente Lektion erteilen. Dann werden ihre Krokodilstränen nicht mehr helfen können. Zu sehr haben sie das schöne Leben verpönt und nur ihre eigenen Interessen und Triebe über allem gesehen.

Diese Zeilen sind nur ein Übersetzung der Existenz. Der Ganzheit des Lebens. Das Sanftmütige wird in seiner Schönheit siegen und die Arroganz dieser Menschen wird ihnen eines Tages zum Verhängnis werden. So sagen es die Koordinaten der Liebe und das Buch der Schönheit[1]. Die Intelligenz der Schönheit wird immer siegen, früher oder später.

---

1   Mit dem »Buch der Schönheit« ist hier immer der Koran gemeint.

Zur Poesie Werden

„Wenn eure beiden Augen eins werden, wird Licht sein."

Jesus von Nazareth

Im tiefsten Walde erblüht eine Blume. Voller Anmut und Glanz ist ihre Schönheit. Sie muss die Verkörperung des Geliebten sein. Ihr erhabener Weg führt zur Poesie in das Land der Dichter. Die Blume verströmt ihre Freude in die Winde die sie umgeben und beschützen. Voller Vertrauen blüht sie, um der Liebe willen. In ihrem Teilen und ihrer Schönheit verlangt sie nichts von uns Menschen. Nein, sie verströmt ihre Liebe und wird ihrer Poesie nicht überdrüssig. Wieso schafft es der Mensch nicht zur Poesie zu werden? Warum kann er keine Welt erschaffen, in der die Poesie über die Menschen regiert? Schau, in der Natur singt die Existenz ihre schönsten Lieder, doch der Mensch ist taub für diese Lieder.
Im tiefsten Leben sind immense Schätze versteckt. Sie halten sich verborgen in den Tiefen der Ozeane. Dort ist die Lebensquelle zu Hause. Anstatt sich dem Tiefen zu widmen leben sie weiter im Konformismus, dort lebt es sich einfach und billig. Die Leute haben kein Interesse daran, in das Land der Poesie einzuwandern. Liebe ist etwas sehr seltenes auf dieser Welt. In ihrer Welt herrscht Angst. Ihre Lebensweise ist gegen sich selbst gerichtet. Dort kann keine Liebe entstehen. Nur Wesen, die eine innere Revolution erleben, können zur Poesie aufsteigen. Nur in unschuldigen Geistern ist die Existenz zu Hause. In einer Kultur, in der das Morden von Tieren Ansehen und Macht bringt, kann nichts Erhabenes geschehen.
Die Liebe der Liebenden kennt eure Gesetze nicht. Die Gesetze der Ökonomie sind gegen das Leben gerichtet. Liebe kennt keine

Währung, Geld und Besitz. Deswegen ist ein Liebender ein Gebender. Er kennt das Nehmen nicht. Wahre Religiosität ist ein Akt des Gebens. Doch eure Religionen möchten nur nehmen und den Geist und den Körper des Menschen verkrüppeln. Mohammed war ein Liebender, Jesus war ein Liebender, Krishna, Moses und Buddha waren alle Liebende. Sie alle haben vom Buch der Liebe getrunken.

Zur Poesie zu werden bedeutet in allem die Schönheit der Existenz zu sehen. Wesen, die zur Poesie werden, bekommen eine schöne Aura, ihr Laufen und Gehen ist majestätisch. In der Poesie hat die Liebe Augen und kann sehen. In der Welt der Menschen ist die Liebe blind und voller Neid und Eifersucht.

Darum ist die Nahrung der Liebenden ihre Poesie. Unsere Gedichte sind unsere Medizin und unser Arzt. Ja, Liebende verneinen eure Welt. Nicht aus Anarchie, nein, aus Liebe zu ihrem Tempel der Liebe. Sie akzeptieren keine Autorität, außer der Liebe. Liebende mögen Außenseiter in der gewöhnlichen Welt sein und in der Menge womöglich ganz allein. Doch darf man nicht vergessen, dass die Wahrheit ein Pfad ist, der nur im Alleinsein bestritten werden kann. Auf diesem Weg verlieren die Märtyrer der Liebe ihr Leben, um von neuem geboren zu werden und um im Lande des Herzens neu auf die Welt zu kommen.

Wesen die zur Poesie werden, öffnen stets ihre Blütenblätter, um ihren Duft zu verströmen. Ihre Blüten sind übervoll voll Poesie, dass sie ohne das Teilen sterben würden. Die Sprache der Liebenden ist Stille. Sie sprechen miteinander ohne etwas zu sagen. Doch schaut euch eure Welt an! Sie ist laut und voller Geschwätz um Nutzloses. Poesie heilt die Wunden des Menschen, der verwundet ist von seiner Geschichte. Seine Ahnen haben ihm nichts Gutes angetan. Sie gingen den Weg der Steine.

Der westliche Verstand kennt nicht die Mysterien der Poesie. In seiner Logik möchte er das Leben rational leben. Dies ist aber gegen die Gesetze der Liebe. Deswegen gibt es im Westen keine Liebenden. Die Wege der Liebe kann man nicht mit einem logischen Verstand sehen. Das Leben, welches Poesie ist, ist in seiner Natur widersprüchlich. Nur reife Wesen finden den Weg zu den Ufern der Poesie. Sie verlieben sich nicht. Denn sie sind bereits vor langer Zeit zur Liebe aufgestiegen. Nur Götzendiener verlieben sich. In ihrer Vernarrtheit wollen sie das Objekt ihrer Begierde beherrschen und dies entsteht aus purem Hass. Freiheit ist der höchste Wert. Sie aber umgehen ihr Herz und wollen lieben. Dies akzeptiert die Liebe nicht. Ihre Gesellschaften haben stets das Herz umgangen. Deswegen ist ihre Welt voller Chaos und neurotisch erkrankten Menschen.

Poesie entsteht, wenn man nach Hause kommt. Dort ist die Liebe eine Wesensqualität und sie ist nicht abhängig von einem Objekt oder abhängig von einem Ereignis in der Außenwelt. Überall wo der Liebende hinkommt, verstreut er die Samen der schönsten Blumen. Liebe liebt alles. Für ihn ist die Liebe an sich genug.

Die Liebenden wissen um die höchste orgasmische Erfahrung. Sie haben den Zugang zu dem weiblichen Wesen in sich gefunden. Nur das Weibliche ist poetisch und voller Liebe. Liebende finden im Inneren den Weg zum Ganzen. Die Dualität verschwindet. Tag und Nacht werden Eins.

Das Herz bleibt Stehen

„Es ist göttlich, nicht zu bedürfen, und gottähnlich, nur wenig nötig zu haben."

Diogenes von Sinope

Mein Herzschlag setzt aus für einen Moment. Das Herz bleibt fast stehen, in Gedanken an dich meine Geliebte. Fern sind deine Wege und weit weg bist du nun. Unsere Herzen schlagen in der gleichen Symphonie. Unsere Lieder pochen im selben Rhythmus. Es sind die Lieder der Liebenden. Wir sind nur ein Ventil für ihre Lieder. Eines Tages werden unsere Körper zu Erde werden. Die Lieder der Existenz werden jedoch für immer gesungen werden.

Ja, mein Leben ist Dein, erhabene Königin. Der letzte Vorhang scheint in aller Stille Abschied zu nehmen. Der Tag wird bald kommen, an dem diese Welt aus unserem Blick schwinden wird. In deiner Truhe fand ich den schönsten Schatz, meine Geliebte. Kostbar wurde alles, was ich nach dieser Begegnung anfasste. Ich verachtete die Welt der Anderen, da wir in ihrer Welt unsere Liebesgeschichte nicht erleben durften. All ihre Theaterspiele waren nur gekünstelt. Unsere Liebesgeschichte war real, doch in ihren Theateraufführungen unerwünscht.

Nichts kann deine Liebe übertreffen, o Liebste. Dies sollen die Worte meines Abschieds sein, wenn ich von hier fort gehe. Dein Nektar war von der schönsten Blüte hergestellt. Ja, unsere Liebesgeschichte hatte ihren Auftritt in armen Gassen. Die Witwen und Waisen sahen unsere Liebesgeschichte. Sie hatten sehende Augen. Den Reichen, verfluchten Menschen blieb unsere Geschichte verwehrt. Welch ein Glück aber auch. Denn womöglich hätten sie auch dies verschmutzt, so wie sie alles verschmutzt hatten auf dieser Welt.

Meine Geliebte, deine Liebe sollte mich zu einem unbesiegbaren Samurai machen. Das Schwert meiner Poesie konnte es mit den Massen aufnehmen. Ich ging ganz alleine gegen sie vor. Der Weg des Wassers war meine Macht. Voller Sanftheit bekämpfte ich meine Gegner, die Reichen und Mächtigen. Mein Herz tanzte voller Liebe, als ich im Kampf gegen ihre Herde gewann. Ganz alleine war ich gegen Millionen. Die Poesie zwang die Götzendiener in die Knie. Doch in deiner Liebe fand ich die Niederlage, meine Geliebte. Welch eine schöne Niederlage dies nur war.

Am Ende meiner Reise fand ich zu dem Tore deines Palastes. Dort höre ich nun jeden Tag deine Lieder. Der ewige Kampf gegen die Götzendiener ist vorbei. Ihre Welt kann mir fern bleiben. Lange Zeit weinte ich um mein grausames Schicksal. Im Nachhinein weiß ich, dass mich dies zu dir führen sollte. Nein, ihre Welt ist voller Kälte. Hier in deinem Palast sehe ich jeden Tag dein schönes Lächeln. Mein letzter Wille ist es, für immer und ewig, hier zu verweilen. Nimm mich in deine Arme, Oh Geliebte.

Ich küsse deine Füße und salbe sie ein mit den schönsten Gerüchen von den Blumen des Paradieses. Ich möchte in deinen Armen sterben oh Geliebte. Dies ist mein letzter Wille...

Das Herz ist Weibliche Poesie

„Wenn du dich zu begnügen wüsstest, dann bräuchtest du den Tyrannen nicht zu schmeicheln."

Diogenes von Sinope

All die Erziehungssysteme der Welt umgehen die Wege des Herzens. Direkt vom Kopf geht es in das Zentrum des Triebes. Dabei wird das Herz misshandelt und ignoriert. Im Kopf und in den Trieben kann man den Mysterien der Existenz nicht begegnen. Doch der Meister ist im Garten des Herzens versteckt. Er wartet in schönen Blumen. Und doch mag die Menschheit ihn nicht besuchen.

Das Herz ist von weiblicher Natur. Das Herz ist die Heimstätte der Liebe. Doch auf dem Marktplatz des Lebens ist es nicht nützlich. Deswegen gibt es auf dem Marktplatz der Massen keine Schönheit und die dunkle Logik regiert, die zu Hässlichkeit in der Welt führt. Im Tempel der Liebe wohnen die Menschen des Herzens. Sie sind die Erschaffenden von Werken der Unsterblichkeit, während die Bewohner des Marktplatzes ein vergängliches Leben führen. Die Liebenden sehen das Leben aus den Augen des Tempels der Liebe. Doch in einer Gesellschaft, wo der aristotelische Verstand regiert und alles nach den Gesetzen der Rationalität funktioniert, sind Menschen des Herzens unerwünscht. Diese Ausgestoßenen sind das Antlitz Gottes. Sie sind die Liebenden Waisen. Sie sind die Gläubigen, während am Marktplatz die Ungläubigen wohnen.

Am Marktplatz möchten Eltern nicht, dass ihre Kinder zu Liebenden werden. Nein, ihre Kinder sollen keine Musiker, Dichter oder Poeten werden. Jeder möchte, dass sie zu Ingenieuren, Ärzten oder Wissenschaftlern werden, weil in diesen Berufen viel Geld zu erwerben ist und im Lande der Poesie und Dichtkunst könnte man als armer Mensch elendig zugrunde gehen. Dieses Denken hat unsere Welt verpestet. Nieder mit diesen Menschen.

Die Leugnung des Herzens ist eigentlich eine Leugnung des Weiblichen. Solange das Herz auf dem Marktplatz nicht zum Leben erweckt wird, können wir nicht von einer Gleichberechtigung zwischen Mann und Frau sprechen! Die Welt wird regiert von der Logik, welche sich gegen die weiblichen Kräfte richtet. Die Frau ist das Herz und das Männliche der Kopf. Mann und Frau sind nicht gleichberechtigt heute. Und dies nicht aufgrund des biologischen Körpers, sondern wegen der Verleugnung des Herzens und der Poesie. Wer das Gegenteil behauptet, ist gegen das Leben und seine existenziellen Gesetze.

Sobald das Herz zu seiner vollen Blüte findet, ist der Mensch zu Hause angekommen. Im Herz wohnen die Wege der Tränen. Der Kopf blockiert die Wege der seligen Tränen. So lasse die Tränen fließen mein Freund, finde zum Herzen, welches die Weibliche Poesie bedeutet und du wirst sehen, deine Poesie wird ein Lächeln bei der Mutter Natur auslösen.

Es sind die Intellektuellen Menschen die das Herz verleugnen. Untergehen sollen sie in ihrer Unwissenheit.

Der letzte Brief

„Jeet Kune Do ist die Kunst, die nicht auf Techniken oder Doktrinen beruht. Sie ist genau wie du bist."

Bruce Lee, Tao des Jeet Kune Do

Lasset nicht zu, dass die Wellen der Kälte die Liebenden trennen. Singt mit den Sternen bei Nacht. Und tanzt mit den Bäumen und Katzen. Wisset, dass stets in der Stunde der Trennung die Liebe geboren wird. Schwimmet ans Ufer der Poesie.

Zur Liebe Werden

„Eine Hand, die um die Schönheit einer Rose weiß, kann nicht eine Bombe auf Hiroshima abwerfen. Eine Hand, die um die Schönheit der Liebe weiß, ist nicht die Hand, die ein Gewehr hält, mit Tod geladen. Denkt nur ein wenig nach, und ihr werdet verstehen, was ich sage."

Osho

Das äußere soziale Gefüge lebt im tiefsten Wald. Die Menschen wissen nichts von dem Mysterium „zur Liebe werden". Sie werden so erzogen, dass sie an einem hohen Minderwertigkeitsgefühl leiden. Die Gesellschaft möchte keine Dichter und Poeten in ihrer Welt leben lassen. Die Welt ist an ihrem letzten Herbst angekommen. Die Tage sind gezählt. Wir haben es nicht geschafft, die universelle Liebe mit ihren schönsten Blumen zum Blühen zu bringen. Wir haben den Höhepunkt der Liebe nicht erreicht. Die Orgasmen der Menschen waren nur vorgetäuscht und in ihnen war keine Ekstase zu finden. Die triebgesteuerte Seele gewann gegen das Herz. Die Wege des Wassers sind blockiert. Das Wasser ist traurig und ist verdunstet.

Die Menschen haben sich nicht vor der gesamten Schöpfung verneigt und alles aus dem Herzen Gottes gesehen. Nein, sie verneigten sich vor ihren toten Herren, die sich der Nekrophilie widmeten.

Wenn die Menschen vor Liebe nur so Überströmen! Ja dann, glaubt mir meine Geliebten, werden die Pharaonen der Welt verschwinden und wir selbst werden unseres eigenen Schicksals Schmied. Wer Steine in den Fluss des Lebens wirft, wird nur Destruktivität auf

Erden bringen. Er wird andere verachten und hassen. Wer mit einer Rose tanzen und lachen kann, der wird seine Pilgerfahrt in Richtung Liebe machen.

Mein Verhängnis war, dass ich zu sehr die Menschen liebte. Überdrüssig war mir meine Liebe und wollte sich ergießen über die Lebewesen. Dass sie es nicht verstanden, konnte ich nicht verstehen. Bringen wollte ich ihnen die Blumen der Freude, die Blumen der Musik, beibringen wollte ich ihnen die Tänze des Geliebten. Die Priester, Imame und Politiker konnten die Sprache des Herzens nicht verstehen. Ich wusste vom Mysterium des Buches der Schönheit. Doch in ihren Moscheen verachteten sie dieses schöne Buch. Ich wohnte im Blumengarten des Korans. Ich vollzog die Reformation und ging zurück zu den Wurzeln der Wahrheit. Doch sie hielten an ihrer verfälschten Religion fest. Der Westen, wie auch Osten, brauchen diese verfälschte Religion, um seine politischen Interessen und Profite zu etablieren. Sie brauchen diese Religion und verfluchten Gotteshäuser, wo der Schöpfer niemals Zuhause war.

Ich übersetzte das Wort des Buches der Schönheit in Poesie, damit die Menschen einfacher und voller Genuss zum Fluss des Lebens finden werden. Nein, das Paradies ist kein Ort. Es ist in der Handlung der Poesie zu Hause.

Das Licht der Selbsterkenntnis und das Herz wohnen im Tal der Stille. Es ist Zeit sich dorthin zu begeben. Lang waren die Tage an denen ich schrieb und redete. In der Stille ist die Verwirklichung allen Strebens zu Hause. Ich habe es nicht geschafft, durch die Schriften die Herzen aller zu erreichen. Die Menschheit zählt nun ihre letzten Tage. Die Welt soll wissen, dass es nichts schönes für sie bedeutet, wenn sie die Liebenden ausgrenzt und quält. Dies ist leider zu oft geschehen. Der Abend ist gekommen, nun gehen die Liebenden ihre schönen Wege und die Masse geht ihren Weg ins Verfluchte Tal. Dies ist die Geschichte des Menschen seit jeher.

Die Sprache der Herrschenden negieren

„Es braucht eine vollkommen neue Art von Ausbildung in dieser Welt. Ein Mensch, der zum Dichter geboren ist, erweist sich als dumm in Mathematik, und ein Mensch der ein großer Mathematiker hätte werden können, muss Geschichte pauken und fühlt sich verloren dabei. Alles steht auf dem Kopf, weil die Ausbildung nicht eurer wirklichen Natur entspricht. Sie respektiert das Individuum nicht, sie zwingt alle in ein bestimmtes Muster. Vielleicht passt das Muster zufällig auf ein paar Menschen, doch die Mehrzahl fühlt sich verloren und leidet.“

Osho, Das Buch der Intuition

Die Sprache der Gesellschaft ist vergiftet. Ihr Trank soll unser Herz zum Sterben bringen. In ihren Zeitungen, Büchern und Medien reden sie die Sprache der Herrschenden. Selbst die Sklaven reden diese Sprache. Sie kennen keine andere. Mit dieser Sprache, die unser Herz erkalten lässt, kann es keinen Quantensprung im Bewusstsein des Menschen geben. Es ist die Sprache des *weißen Mannes*, die auf Besitz und Ausbeutung aus ist.

Ja, in ihrer Welt schwieg ich. Sie wussten nicht, dass mein Schweigen eigentlich die wahre Sprache des Göttlichen war. Ihre Zunge redete die Sprache ihrer Ahnen. Sie ließen mit dieser Sprache das Leben rückwärts laufen. Für das Neue, Unbekannte und Schöne reichte weder ihr Horizont noch ihr armseliges Leben.

So Geliebter, die höchste Form des Redens in ihrer Welt ist die Gnade des Schweigens. Sie reden in Form des Körpers. Unsere Sprache kommt aus dem Land der Poesie und identifiziert sich nicht mit der Welt der Formen.

Meine Geliebten, das Schweigen der Liebenden Geister ist das höchste Gebet auf Erden. Ja, wir negieren die Religionen ihrer Ahnen, die nichts mit dem Buch der Schönheit zu tun haben. Es ist nichts mehr zu machen, es scheint alles zu spät zu sein. Lange redeten wir die Sprache der Propheten und Dichter. Keiner hörte uns zu. Nun ist alles zu spät. Die Liebenden wissen um das Schicksal der Menschheit und sind in tiefer Stille. Unser Schweigen bedeutet, dass unser Ende sehr nah ist. Ihr lautes Reden behindert die Sprache des Herzens, die stets mit Taubenfüßen kommt. Im Schweigen sind wir in tiefer Verbindung mit dem Ganzen. Im Schweigen, meine Geliebten, finden wir den Frieden, der in der Welt der Formen vermisst wird. Schweigen ist eine nie endende Sprache. Sie hören wir in den Flüssen und Bächen. Die größte Erkenntnis und Belehrung lehrt uns die Sprache der Stille.

Ein Blick des Geliebten lässt uns mit dem Herz vereinen. Die Sprache der Herrschenden kann fern bleiben für ewige Zeiten. Wahre Weisheit erlangt man durch die Verbindung mit dem Weisen und in seiner Sphäre. Der Geist ruht, das Herz singt die schönsten Lieder in der Vermählung mit dem Weisen. Alle Zweifel der Welt verschwinden. Menschen die weiterhin stur bleiben und die Sprache der Herrschenden sprechen wollen, sind weit entfernt von den Mysterien der Geliebten. All ihre Nähe ist nur auf körperlicher Ebene. Der Geist und das Herz verhungern in ihren Beziehungen. Im Herzen der Suchenden legt sich die Stille nieder, nach einer langen Reise durch die trockene Wüste.

Die Sprache der Herrschenden und Mächtigen wir gesprochen bis zum Tod. Die Sprache der Liebenden und ihre Künste werden für immer hier sein. Die Sprache der Herrschenden richtet sich nach außen. Die Künste der Liebenden finden ihre Sprache im inneren Tempel der Liebe. Die Sprache der Herrschenden möchte immer etwas erreichen. Sie ist nie zufrieden. Das Wort „Mehr" ist ihr Gott. Die Liebenden wissen, dass sie nichts verwirklichen müssen, um ihre eigene majestätische Schönheit zu sehen.

Sie stellen mir viele Fragen, jedoch schweige ich. Sie verstehen dies nicht. Wenn sie genau lauschen würden, dann würden sie verstehen.

Die Menschen, die stets die Sprache der Herrschenden sprechen, müssen noch einige Male auf die Welt kommen, so scheint es. Ihre menschliche und geistige Evolution ist noch lange nicht abgeschlossen. Die Sprache der Herrschenden ist das Mundwerk der Politiker, Imame und Priester. Sie wird gesprochen in der Form, in der das Recht des Stärkeren gilt.
Meine Geliebten, diese Herrschenden dürfen unser Herz niemals verschmutzen. Meine Poesie ist ein Gegengift und eine mystische Selbstverteidigung gegen die Verbrecher, die es auf das Herz des Menschen abgesehen haben. Diese Missetäter sind die niedrigste Klasse von Mensch. Ihr Maulwerk ist das höchste Gift für unsere Schönheit. Du wirst diese Menschen überall treffen in deinem Leben. Sie machen die Mehrheit der Bevölkerung aus. Ihre Stärke und Macht, die sie fabrizieren, sind kein Zeichen dafür, dass sie im Recht sind. In der Welt der Triebseelen mag es zwar so aussehen, als wären sie die Sieger. Doch sie können es nicht mit den Künsten der Liebenden aufnehmen. Sie werden stets in Liebe den Sieg davontragen, ob in dieser oder in anderen Welten.
Die Herrschenden haben den Verstand der Menschen verdorben. Wir Liebenden möchten diese Korruption wieder aufheben. Euer Gott ist euer Geld und eure Propheten sind eure Kreditkarten. Euer Reichtum ist das Recht der Witwen und Waisen. Im Reichtum des Reichen steckt das Recht der Armen, steht im Buch der Schönheit. Wir Liebenden ernähren uns vom Buch der Schönheit. Die Koordinaten der Liebe sehen wir dort, und transformieren sie in das lebendige Leben. Auf diesem Weg gehe ich ganz alleine vor, gegen die mittelmäßige Gesellschaft. Ihr sollt wissen, die harten Worte der Liebenden sind keine Feindschaft. Sie sollen euch nur zu den Wegen

des Wassers führen. In der Sphäre der Liebe lehren die Dichter und Mystiker das Göttliche. Ihr könnt uns kreuzigen, uns hungern lassen, uns ausgrenzen, uns umbringen. Doch werdet ihr nicht gegen die Wahrheit vorgehen können. Die Liebe siegt zu allen Zeiten. Euch werden die Menschen eines Tages vergessen. Eure Gräber werden nicht mehr zu finden sein. Die Lieder der Liebenden werden in den Bäumen und im Regen gesungen werden. Die Schönheit des Wassers und seine Weichheit kann nicht bezwungen werden. Dies ist das Gesetz der Natur.

In ihren Schulen und Universitäten wird die Sprache der Herrschenden gesprochen. Sie alle machen ihren Abschluss in Dummheit.

So, meine Geliebten, findet die Sprache der Liebenden und lehrt sie unseren Kindern. Findet die Sprache der Liebenden. Nur ihre Künste sind wahre Kunst.

Findet zum Tempel der Liebe

„Im Grunde bin ich dem Dieb gegenüber nicht ganz gerecht.
Du müsstest eigentlich viel länger im Gefängnis sitzen als er,
denn du so viel Geld für dich selbst angehäuft, so vielen
Menschen das Geld weggenommen. Tausende von Menschen
sind arm, und du häufst immer mehr Geld an. Wozu? Es ist
deine Gier, die diese Diebe hervorbringt. Du bist dafür
verantwortlich. Das erste Verbrechen war Deines."

Lao-Tse

Die Bücher sind geschrieben. Das Kapitel der Worte ist leer. Das
ewige Werk ist vollbracht und der Dialektik der Geschichte
gewidmet. Nein, man kann die Schönheit nicht mit den Augen des
Verstandes erkennen. So erkennen nur Wesen die aus dem Herzen
leben meine Worte. Ich weiß, dies werden womöglich nur ein paar
Wenige sein. Aber wer einen Menschen rettet, der rettet die ganze
Menschheit.
Es heißt, dass jeder Mensch seine eigene Reise geht auf Erden. Ich
ging den Pfad zum Geliebten und fand den schönsten Tempel vor. In
jungen Jahren der Unwissenheit stand ich vor verschlossenen Toren.
Doch dann begegnete ich dem liebenden Zustand und er öffnete mir
die Tore des schönsten Palastes. Das höchste Selbst, das Herz.
So, Suchende der Liebe,
öffnet eure Fenster für den Frühling. Akzeptiert den Winter nicht,
den sie euch aufdrängen wollen. Lebt in ihrer Welt, aber seid nicht
von ihrer Welt. Widmet euch der Erforschung des Selbst. Die
Konditionierung, die sie dir gaben, ist ein Dorn in deinem Wesen.
Diese Dornen lassen uns brennen und die Welt wird keinen Frieden

erlangen können. So brenne in deinem eigenen Feuer und nicht im Feuer eines Anderen. Das Mysterium der Liebe kann nicht verstanden werden mit den Ohren des Verstandes. In ihr sich aufzulösen, dies ist die Kunst des Liebenden. So ändere dich selbst. Dies ist deine Pflicht vor der Dialektik der Geschichte. Die Welt zu verändern ist nicht deine Aufgabe. Lass die Welt sich um sich selbst kümmern. Verschwende nicht deine kostbare Zeit und mache dich auf den Weg. Ihre Religionen sind verfälscht. Sie werden keine Heilung bringen. Diese Zeilen sind die Übersetzung ins Heute vom Buch der Schönheit. Seine Mysterien sind seit Generationen versteckt gehalten worden. Ich bringe euch die Blumen vom Garten des Koran.

Liebster,

lies die Zeilen deines eigenen Buches. In diesen Zeilen ist das ganze Universum enthalten. Kehre zum Ruhen in die Stille zurück. Alles kehrt eines Tages zu ihr zurück. Lass dein altes Wesen sterben, damit der Tod dir nichts mehr anhaben kann. Der Bauch des Verstandes ist niemals satt. So nähre dein Herz mit den schönsten Speisen des Paradieses. All ihre Konditionierungen musst du aufgeben. Alle Glaubenssysteme sind nur da, um die Menschen untereinander zu spalten und zu beherrschen. Das Leben bedeutet mit der Einheit der Existenz im Einklang zu sein. Mit den Bäumen, Flüssen, mit der Sonne und dem Mond eine Liebesgeschichte zu führen. Dies bedeutet wahre Religiosität. Die Kommunikation mit dem Ganzen wird nur gestört, wenn du dich irgendeiner Religion oder Nation angehörig fühlst, da du den Schöpfer beleidigst mit dieser Tat.

Anwärter der Liebe,

gebet das Männliche Denken auf. Es basiert auf Aggression und Herrschsucht. Die Art, wie sie in ihrer männlich regierten Welt leben, ist abscheulich. All ihr Lachen und Weinen ist künstlich. All ihr Handeln und ihre Tränen sind zum politischen Zweck. Alles, was politischer Natur ist, verliert seine Schönheit und Anmut.

Die Ehrfurcht des Staunens wird dich in das Land der Poesie führen. So bleibe stets im Zustand des Nichtwissens. Ein weiser Mensch weiß nichts. Wie kann er auch? Er ist nur ein Weizenkorn im Berge der Liebe. So wisse, dass der Konflikt im Menschen selbst liegt. Wenn er dort nicht aufgelöst wird, kann er nirgendwo aufgelöst werden.

So strebe stets nach den Mysterien der Poesie. Dem westlichen Verstand sind diese Geheimnisse fremd. Die ganze Welt ist auf dem Weg, westlich-konditioniert erzogen zu werden. Dies ist das Schlimmste, was der Menschheit passieren kann. Die Sprache der Liebenden spricht die Sprache der Indianer. Unschuldig und rein sind ihre Herzen. Der westliche Verstand redet die Sprache des Christoph Columbus. Barbarisch und erniedrigend.

Eigentlich kannst du die Geschichte der Welt in zwei Kategorien einordnen. Die Imperialistischen Weißen und die Indianer. Die Indianer, dies sind die Gläubigen und Vertrauenden an Gott. Die Weißen sind die Ungläubigen.

Erfolg zu haben in ihrer Welt, bedeutet den größten Misserfolg im Leben zu ernten. So strebe nach der Seligkeit, und nicht nach Erfolg in ihrem künstlichen Leben. Die ganze Welt wird womöglich sagen, dass du ein Versager bist. Doch in hohen Welten bist du ein erhabener König. Sie alle sind Bettler. Folge deinem inneren Führer, dem Herzen. Er wird dich in den Tempel der Liebe führen. Ihre Führer sind nur Despoten, siehe Adolf Hitler oder Ramses Erdogan. Die Pharaonen der Neuzeit. Die Liebe wird niemals in ihr Land finden. Denn sie beten den Wettbewerb und den Ehrgeiz an.

Großartige Poesie ist im Lande der Feinfühligkeit zu Hause. In tiefen Gewässern öffnet sie ihr Gewand, um nur uns ihre Schönheit zu zeigen. Die Künste der Poeten sehen das Leben aus den Augen des Geliebten. Der westliche Verstand tötet das Poetische.

So, Wahrheit kann ohne Liebe nicht gefunden werden. So widme dich den Liebesbriefen des Herzens. Dem Mysterium der Poesie. Und folge dem Weg des Wassers. Schau in der Ferne kommt das

Schiff der Liebenden immer näher. Lege all deine Klamotten und dein Hab und Gut ab. Werde nackt und betrete das Schiff der Liebenden. Es wird dich hier zum Tempel der Liebe führen. So mache dich auf den Weg Geliebter, mache dich auf den Weg...

Die höchste Symphonie

„Glück und Frieden sind nicht unser Geburtsrecht. Diejenigen, die es erlangen, bekommen es durch ständige Anstrengung."

Ramana Maharshi

Das Hohelied der Menschheit auf der Geige zu spielen, in seiner höchsten Symphonie, ist nur gesegneten Menschen gestattet. Die innere Sehnsucht nach der höchsten Symphonie muss erst in einem Menschen zum Leben erweckt werden. In Hingabe an die gesamte Existenz sich selbst zu verlieren, um zur Reinheit zu gelangen. Es ist der Weg der Mystiker. Sie kennen die Noten dieser Lieder. Um Frieden im kollektiven Sinn auf der Welt zu erlangen, muss man innerlich zu friedvoller Poesie werden. Die schönsten Lieder hört man im Leben der Mystiker. All die anderen Lieder der vergänglichen Masse sind stets nur Gefühlsduselei, Verwirrung und eine Menschenrechtsverletzung für die Ohren.

Aus einer anderen Zeit?

„Ich sehe die Wolken aus tausend Meilen Entfernung und höre uralte Musik in den Kiefern."

Ikkyū Sojun, Zen Meister und großer Dichter

Ihr fragt mich, ob ich aus einer anderen Zeit stamme? Nein, es sollte eher heißen, dass ich der heutigen Zeit voraus bin! Der heutige Tag ist für uns Liebenden viel zu dunkel. Falls es noch eine Menschheit in hundert Jahren gibt, wird man mich Verstehen. Heute ist noch nicht der Tag.

Die niedere Masse richtet sich all ihre Strukturen so ein, wie es ihre künstliche, götzendienerische Cleverness vorsieht. Unser Weg ist der Weg der unsterblichen Wahrheit. Wir, die Liebenden, sind das Ventil für die Existenz sich auszudrücken. Die Wesen die zur Liebe aufgestiegen, übersetzen die existenzielle Sprache der Naturgesetze in die menschliche Dialektik. Wir sind nur das Mittel der Existenz, um ihre Botschaft zu vermitteln. Doch schaut, die Menschen auf Erden sorgen sich nicht darum.

Warum wir Liebenden der Menschheit hunderte von Jahren voraus sind? Die ganze Kunst besteht darin, dass wir aus dem Weiblichen Teil unseres Wesens funktionieren. Denn das Weibliche ist es, welches mit dem Herzen direkt verbunden ist und somit in Liebe ist mit dem Ganzen. Eure Welt ist aggressiv und voller Herrschsucht, stetig im Kampf wer der Stärkere sei. Deswegen könnt ihr die Sprache der Existenz nicht verstehen. Es kommt euch vor wie eine Fremdsprache die man nicht erlernen kann. Im Buch der Schönheit können wir all diese Koordinaten sehen. Der Koran ist das Gesetz der Existenz. Er schützt und hütet stets das Weibliche vor dem

Männlichen Despotismus. In eurer logischen Welt ist es schmutzig. Dort kennt man die Mysterien und Schönheiten des Weiblichen nicht. In jeder Zeile des Buches der Schönheit werden die Lieder des Weiblichen gespielt. Dort kann man die Zeilen des Vertrauens an die Existenz nachlesen. In all meinen Werken trinke ich aus dem Fluss des Korans. Er führte mich zum reinen Wasser. All die Dichter und Denker die in meinen Werken vorkommen, haben vom Fluss des Korans getrunken.

Die Schule der Existenz verkörpert Intelligenz pur. Unser göttlicher Duft kommt aus dem Jenseits. Doch eure Welt ist gegen diesen Duft und möchte in ihren künstlichen Parfümerien unsere Nasen belästigen.

Dabei hat jedes Kind der Existenz solch eine wunderschöne Seele, ein wunderschönes Wesen, welches nur darauf wartet, in seiner schönsten Form zum Blühen zu kommen. Die Unschuld unserer Kinder wird ihnen beraubt in dieser Lebensform. Intelligenz ist die Fähigkeit, seiner eigenen Natur zu vertrauen, doch unseren Kindern wird beigebracht zu gehorchen und nicht wie eine schöne Rose aufzublühen. Die Intelligenz deiner Weiblichkeit ist die wahre Intelligenz. In all euren Schulen und Universitäten findet man keine Intelligenz. Dort werden Lehren des Ego vermittelt, welche unsere Welt ruinieren.

Die Göttlichkeit des Lebens kann nur durch die Wege des Herzens in unser Leben treten. Ihre Fußstapfen sind voller Anmut und Schönheit. In der Intelligenz des Herzens werden die Poeten, Dichter und Propheten geboren. Ihre Geburt ist ein Fest für die Liebenden. Ein Leben in der keine Romantik und Poesie vorkommt, ist ein totes Leben. Es bedient sich der Nekrophilie. In der Romantik der Poesie sind die Mysterien der Liebe versteckt. Das Herz ist das Tor zum schönsten Paradies. Es ist der Zustand der Liebe.

Die Romane sind von uns gegangen

„Es ist ganz logisch und selbstverständlich, dass es in einer Kultur wie der unseren so gut wie kein Erleben von Zärtlichkeit mehr gibt. Ich fürchte sogar, dass viele Menschen dies fühlen und eine Art Beschämung spüren, weil Zärtlichsein nicht schicklich zu sein scheint. Sie haben Angst, als weichlich, kindisch oder babyhaft zu gelten und nicht dem Bild des leidenschaftlichen Mannes oder der leidenschaftlichen Frau zu entsprechen, wenn sie Zärtlichkeit zeigen.“

Erich Fromm, Die Pathologie der Normalität

Die Werte, die hoch gepriesen werden von den Menschen, sind die am meisten Verfälschten. Wo man tugendhaftes Gerede hört, da sollte sich der Mensch so schnell wie möglich aus dem Staube machen. Da könnte der Geist ermordet werden. Schaut euch in der Welt um. Überall, wo Menschen über hohe Werte reden und sich tugendhaft verhalten, sind die meisten Lügen zu Hause. Mein Aufschrei zum Schöpfergott sei es, möge er die Tugenden der Menschen vergeben. Dies ist das höchste Gebet. Aus den Händen dieser listigen Menschen zu Essen und deren Sklave zu sein, geistig wie auch körperlich, bedeutet Gott und die Liebe zu verachten.

Die Nahrung, die sie dir geben, ist nur ein Gegenmittel für die Sklaverei, die sie dir antun. Auch wenn es so aussehen mag, dass du von schönen Tellern isst und in einer schönen Wohnung wohnst, so bedeutet dies nicht, dass du nicht deren Stuhlgang isst. Ein Essen, welches dir aus der Sklaverei gegeben wurde, ist reiner Kot. Die göttliche Nahrung wird dir für immer verwehrt bleiben. Die ewige Ewigkeit ist in jedem unserer Körper versteckt. Wer sehende Augen hat, kann niemandem gehorsam sein, außer der Sehnsucht des Lebens nach sich selbst, welches uns erschaffen hat.

Niemand kann das Wort eines Liebenden besiegen, der von einer langen Reise kommt. Auf dieser langen Reise lernt der Liebende die Schönheit der Welt der Romane kennen. Er ist zur Poesie aufgestiegen auf dieser heiligen Wallfahrt. Die einfachen, niederen Menschen lieben die kurzen Wege, da diese ungefährlich sind und sie im Lande des Konformismus zu Hause sind. Ihre Sprache ist die Sprache der Nekrophilie, sie ist gegen das Leben gerichtet. Unsere Sprache dagegen kommt aus einer anderen Zeit.

Wir Liebenden sind bereit umgebracht zu werden, wenn unser Todesurteil aus der Liebe selbst stammt. Hier ist mein Kopf, schlag zu und trenne meinen Kopf von meinem Körper. Ich bin bereit zu sterben, wenn du es wirklich im Namen der Liebe machst. Doch wenn es für die Befriedigung deines Ego ist, kannst du es mit dem Samurai Burak nicht aufnehmen. Wir haben gekostet von der Ewigkeit des Lebens. Unser Werk ist es, den Geist des Menschen zu reinigen von all den Verschmutzungen seiner Zeit. In dem wir euch bereinigen bringen wir eigentlich nur uns selbst um, denn wir wissen, dass die Gesellschaft hohe Werte nicht verstehen kann. Wir nehmen es in Kauf verspottet zu werden, doch die Menschen sind undankbar gegenüber unseren liebevollen Romanen. Wir wissen um die Schwertkunst der Romane. Wie majestätisch ihr Schwingen mit dem Schwerte ist. Voll unendlicher Zärtlichkeit schwingen wir unser Schwert im Kampf gegen das Harte, Tote.

All eure Musik und Literatur, die ihr heute schreibt und in euren Götzenmedien und -verlagen vertrieben werden, sind nur ein Spiegelbild eures toten Wesens. In eurem Lande kommt keine hohe Literatur vor. Sie ist nur mit totem Intellekt geschrieben und gesungen. Euer angeblich technischer Fortschritt ist nur eine Vergewaltigung der Mutter Natur. Sie ist das Antlitz der göttlichen Romane die von weit her kommen. Ihr fliegt zum Mond, doch den Weg zu den göttlichen Romanen könnt ihr nicht auf euch nehmen.

Deswegen seid ihr hohl und ohne Leben. Ihr schafft es nicht, die wahren Künstler des Lebens, die Liebenden, in eure Reihen zu holen. Ja, es mag sein, dass wir arm sind, doch in eurer verlogenen Welt ist kein Platz für uns. Ja, in eurer Welt sind wir voller Schuld und müssen Sühne tragen für unsere Last. Doch werden unsere Lieder gesungen werden, noch in tausenden von Jahren. An die Götzendiener aber, die uns kreuzigten, wird sich niemand mehr erinnern. Auf eure Gräber werden die Menschen urinieren, weil ihr zu Lebzeiten die Liebenden verspottet habt. Dann werden euch auch eure teuren Gewänder, Häuser und Autos nicht mehr helfen können, geschweige denn euer verfälschter Gott und die Wirtschaft die ihr angebetet habt.

Ihr könnt unsere Romane nicht zensieren. Sie sind die Blumen des Paradieses der Schönheit. Bei uns wohnen Geister wie Dostojewski, Tolstoi, Erich Fromm, Yasar Nuri Öztürk, Jean Paul Sartre, Osho, Che Guevara, der Prophet Mohammed, der Koran und Jesus. Bei euch wohnen die Pharaonen Hitler, Ramses Erdogan und die ganzen Napoleons aller Zeiten. Sie sind verflucht worden vom Schöpfergott, weil sie die größten Menschenfeinde sind.

Die Götzendiener wollen auf kurzem Wege zu Reichtum gelangen. Wissen sie denn nicht, dass Reichtum an sich ein Vergehen an der Existenz ist? Die Wesen die dem langen Weg folgen, finden eines Tages zur Liebe. Ihr Weg führt am Tempel der Romane vorbei. Diese Stätte bedeutet, das Mensch Sein zu finden. Alle anderen Wege führen zur Dunkelheit. Dort findet man alle Tragödien des Mordens der Seelen des Menschen.

Und doch sollt ihr wissen, dass es Anmut und Zärtlichkeit bedeutet, die Stätte der feinfühligen Vernunft zu erreichen. Wahre Schönheit ist zerbrechlich und sanft. Sie ist nah am Wasser gebaut. Dort findet man viele Tränen der Seligkeit. Ein Liebender läuft diesen Weg mit Tränen in den Augen und doch mit einem Lächeln zugleich. Er ist der gottloseste Mensch und doch wohnt in ihm die Göttlichkeit. Zu Gott gelangt man in dem man alle Glaubenssysteme erst einmal verleugnet.

Die Liebenden kommen von weiten Wegen. Ihre Lebensjahre haben sie gewidmet dem Lesen und Schreiben. Ihr dagegen kommt von kurzen Wegen. Kein Brennen sehe ich in euren Augen. Und ihr wollt uns sagen, wie wir unsere Kinder erziehen sollen und leben sollen? Fort mit euch in die niedrigste Kaste des Menschseins. Dort ist eure Heimat. Wer seid ihr, dass ihr uns etwas vorschreiben könnt? Wir, die dem Mysterium des Lebens mit unseren Werken danken wollen, erkennen eure Welt nicht an, da ihr unsere Werke zwar konsumiert, aber nichts schöpferisches erschafft. Wisst ihr, wie lange und hart man arbeiten muss, um diese Werke zu schreiben? Sehr lange saß ich in euren Gefängnissen. Seit meiner Kindheit. Wie ein Löwe bin ich aus dem Käfig nun ausgebrochen. Unsere Güte und Zärtlichkeit sind unsere Waffen. Wir haben keinen Hass so wie ihr. In all euren Handlungen sehe ich den Hass. Seht euch eure Teller an, aus denen ihr esst, voller Leichen sind sie. Ihr seid Kannibalen und Mörder. Menschen, die nur etwas Göttliches in sich haben, könnten keine Gewalt vollbringen gegen Tiere, nur um sie dann aufzuessen. Ihr liebt Fisch und Fleisch, und doch liebt ihr nur euer eigenes Ego. Würdet ihr in Liebe mit der Welt und in Beziehung zu ihr leben, würdet ihr keine Tiere töten, um sie dann köstlich zu verschlingen. Schaut euch eure Gesellschaft an, die ein Gefängnis für die Liebe ist. Ihr habt eine Zivilisation des Mordens erschaffen. In euren Bäuchen sind unzählige Friedhöfe von Tieren. Tausende von Grabsteinen befinden sich dort. Ihr baut Spielplätze in armen Siedlungen, damit die Kinder dort nicht herauskommen, um eure verlogene Welt zu sehen und sie umzukrempeln. Das Leck ist nun von mir gelegt worden, in euer Schiff des geklauten Reichtums. Ich habe die Spielplätze meiner Heimat verlassen und habe eure Welt dechiffriert. Durch dieses Leck werden nun mehr Menschen kommen, um eure Welt in Chaos zu verwandeln. Chaos bedeutet stets Freiheit. Eure Welt ist statisch, gegen den Fluss des Lebens.

Dies ist die Geschichte der Menschheit. Es sind die Liebenden die von weiten Wegen kommen und das Leid der Menschheit auf sich nehmen. Schaut euch euer eigenes Leben an und ihr werdet sehen, zu welcher Seite ihr angehört.

Die Liebenden kommen von weiten Wegen

„Wenn du auf deiner Wanderung, keinen edlen Freund findest.
So gehe du alleine weiter. Denn nur Unheil bringt eines Toren
Begleitung."

Dhammapada, Weisheitslehren des Buddha

Ja, es gab manchmal kummervolle Tage auf der Reise zum Geliebten. Von weit her kommen wir. Die Liebe lässt unsere Füße laufen, obwohl sie voller Narben sind. Ja, wir hatten durstige Tage an denen wir kein Wasser zum Trinken hatten, doch die Erde nährte unsere Füße mit sonniger Liebe. Wie gesagt, wir Liebenden kommen von weit her. Unsere Geister sind rein, unser Wesen voller Zärtlichkeit. Wir ernähren uns vom Buch der Schönheit. Wir sind Schamanen der Liebe.
Wir reisen von Station zu Station, um eines Tages zum Ozean der Liebe zu gelangen. Wartet auf den Tag, an dem die Mystiker die Könige der Welt werden. Gewiss, noch kennt ihr uns nicht. Doch der Tag wird kommen, an dem wir eure Welt stürzen werden, für immer. Uns habt ihr jegliche Diskriminierung angetan, doch wir sind voller Vertrauen und warten geduldig. Dies ist die Art der Liebenden, dem Leben zu vertrauen. Ihr Vertraut auf euren Gott Mammon[2]. Früher oder später werdet ihr verstehen, was meine Worte bedeuten. Dann werde ich nicht mehr hier auf Erden sein, doch unsere Blumen werden für immer erblühen. Dort könnt ihr uns finden. Im Blumengarten der Liebe.
Wir akzeptieren keine Herren und Götzen auf Erden. Dies war unsere Missetat in eurer Welt. Ihr hattet Angst vor uns, weil ihr

---

2 Mammon steht hier für *das Geld* und *das Materielle*

keinen Mut hattet, wie wir zu sein. Dafür muss man von weiten Wegen kommen. Ihr mögt die weiten Wege nicht. Alles soll in eurer Welt schnell und einfach zu erreichen sein.

Wir warten am Rande des Weges und schauen uns eure Wege an. Dort findet man keine feinfühlige Vernunft. Wenn das Todesurteil für eine Gesellschaft erklungen ist, gehen wir zur Stille hinüber und schauen, wie der Schöpfergott sich an der Gesellschaft rächt, weil sie die Liebe missachtete. Wir wissen, dass auf die Nacht die Morgenröte folgt. Ja, ihr werdet uns suchen am Tage der Abrechnung, doch wir werden nicht mehr da sein. Das komische Wesen, welches man Mensch nennt, weint stets wenn sein eigenes Leben in Gefahr ist. Das Leben der anderen Wesen ist ihm egal, solange es ihm selbst gut geht.

Unsere Münder sind sauber und rein. Wir sprechen voller Poesie und Dichtung. Eure Sprache ist hart und euer Wortschatz sehr klein. Die intellektuellen Menschen sind die Verkäufer der Literatur. Sie verstecken sich hinter hoher Literatur, und doch kommen die Werte die sie lobpreisen nicht vor in ihren Handlungen. Sie sind die größten Verbrecher, da ihr Leben voll Heuchelei ist.

Angehörige einer Familie -
die Gläubigen und die Intellektuellen

„So auch vermag inmitten blinder Menschenmasse. Ein Schüler des Vollkommen Erwachten. Mit dem Licht seiner Weisheit, diese ganze Welt zu überstrahlen."

Dhammapada, Weisheitslehren des Buddha

Wir Liebenden haben Augen für die Schönheit Gottes. In jedem Atemzug sehen wir seine Wunder. Die Gläubigen jedoch können Gott nicht sehen. Menschen die aus dem Intellekt leben, gehören zur gleichen Familie wie die Gläubigen. Ihr Leben basiert auf Glaube und Lüge. Es scheint als wären diese beiden Parteien das genaue Gegenteil, doch wer es näher betrachtet kann sehen, dass sie ohne einander nicht leben könnten. Sie leben beide in extremen Welten und ihre Art zu denken ist gleich, obwohl sie verschiedene Kostüme anhaben. Sie zusammen, die organisierten Religionen und die Universitäten und Schulen, wo die Menschen erzogen werden, haben das Unheil auf Erden erschaffen. Beide sind nicht im Einklang mit der Familie der Existenz. Beide haben kein Vertrauen, und beide hassen es, dass Menschen zum Tempel der Liebe finden.

Wir Liebenden haben die Göttlichkeit Gottes gesehen. Wir leben in einer anderen Dimension und in anderen Höhen. Unsere Augen kennen und sehen euch nicht mehr. Zu weit unten sind die Gläubigen und Intellektuellen. Wer seid ihr nur?

Diese Hand kann nicht nur einen Stift benutzen

„Die Biene sammelt ihren Nektar, doch ohne der Blüten Schönheit oder ihren Duft zu zerstören. So wandere auch du als schweigender Weiser."

Dhammapada, Weisheitslehren des Buddha

Überall, wo ihr eure Bildung hingebracht habt, habt ihr Zerstörung und Krieg gebracht. Der westliche Verstand ist ein Unruhestifter. Überall, wo er regiert, sind Konzentrationslager gebaut worden und der Geist des Menschen ist verkümmert. Eure Schulen sind Konzentrationslager und vergiften das Herz. Wir Indianer und Schamanen wehren uns gegen diesen Verstand. Unsere Liebe gilt der Existenz, eure dem Beherrschen und Ausbeuten. Eure Schulen lehren nur die Kunst des Beherrschens und Ausbeutens der Natur.
Nein, diese Hand kann nicht nur einen Stift benutzen. Sie kann auch zu einem Samurai werden, um sich gegen eure Kultur des Herrschens zur Wehr zu setzen. Liebe bedeutet auch, sich zu wehren, vor allem wenn unserer Mutter Natur weh getan wird. Dort kennen wir kein Erbarmen. Wir, die Naturvölker, sind eine Spiegelung Gottes. Uns zu verachten bedeutet den Herrn zu verachten.
Wir leben weit weg von den Brüsten des Geldes. Wir saugen lieber am Honig der Flüsse und trinken vom Wein der Bäume und Blumen. Ihr Nektar ist unsere Nahrung. Die Nahrung eurer Welt ist voller Schmutz, weil sie den Nektar des Herzens nicht trinken möchte.

Die heutige Schulbildung ist gegen die Poesie des Herzens

„Dein schlimmster Feind und jene, die dich hassen. Vermögen dir niemals so sehr zu schaden, wie dein eigener Geist. Wenn du ihn auf das Unheilsame richtest.“

Dhammapada, Weisheitslehren des Buddha

Die Menschen wohnen in der Dunkelheit der Nacht. Sie identifizieren sich mit ihrem Glauben, ihrer Familie, ihrem Land, ihrem Universitätsdiplom und ihrer Position in der Arbeit. Ihre Identifikation bringt die Spaltung von dem Ganzen. Die heutige Schulbildung und Erziehung im Westen basiert nur auf dem Intellekt. Aber er ist vergänglich und hat Grenzen. Genau wie sie in ihrer Welt überall Grenzen aufgestellt haben. Seht ihr die Spiegelung des Denkens in die daraus entstehenden Taten und Reaktionen?
Im Verstand haben sie Barrieren und daraus entstehen im äußerlichen Grenzen, damit der Mensch nicht frei werden kann. Intellekt bedeutet niemals Intelligenz. Ihr Intellekt ist zwar scharf geschnürt, doch sie erreicht die Dimension des Herzens nicht. Leben geschieht durch das Herz. Leben kann nur durch das Herz wachsen. Nur auf dem Boden des Herzens wächst die Liebe, wächst das Leben, die Göttlichkeit. Alles Wertvolle und Schöne kommt von der Poesie des Herzens. Seht ihr nun, wieso die Menschheit dem Pfad der Dummheit folgt? Intellekt bedeutet rohe Dummheit. Er kann nicht mit dem Strom des Lebens fließen. Alles Großartige, selbst in der Wissenschaft, ist nicht durch Intellekt erschaffen worden, sondern durch die Sehnsucht des Herzens etwas zu erschaffen. All ihre Intellektuellen sehen eine Blume und analysieren sie mit dem

Verstand. Sie können auf diese Art und Weise ihre wahre Schönheit nicht sehen. Nur das Herz kann zur Blume werden. Mit dem Messer des Intellekts schneiden sie die Blumen ab und töten sie. Sie reißen die Blume aus ihrer Heimat, um sie dann zu verschenken. Das Herz würde dies niemals tun. Solange die Blumen der Liebe und die feinfühlige Vernunft nicht gleichermaßen bedient werden, wird es keinen Regenbogen über uns geben. Die Sonne wird nicht mehr auftauchen in unserem Lande.

Schaut euch die Gesichter der Kinder an. Sie glänzen und funkeln. Weil sie aus dem Herzen leben. Umso älter die Menschen werden, um so mehr ermatten ihre Gesichter, weil der westliche *weiße* Verstand ihre Körper vergiftet.

Gewitter im Herzen

„Alle Wesen zittern vor der Gewalt. Alle Wesen fürchten den Tod. Siehe dich selbst in anderen, und töte nicht, verletze nicht. Alle Wesen zittern vor Gewalt. Alle Wesen leben das Leben. Sieh dich selbst in anderen. Und töte nicht, verletze nicht. Wer im Streben nach dem eigenen Glück Gewalt anwendet und andere Wesen verletzt. Die doch gleicherweise nach Glück suchen. Der wird kein Glück finden in der nächsten Welt. Wer in seinem Streben nach dem eigenen Glück niemals Gewalt anwendet oder andere Wesen verletzt. Die doch gleicherweise nach dem Glück suchen, der wird Glück finden in der nächsten Welt. Sprich niemals harte Worte, denn sie fallen auf dich zurück. Verletzende Worte bringen dir Leid. Denn ein Verletzter schlägt zurück. Aber den Unwissenden sind die Folgen ihres Üblen Handelns nicht bewusst. Und so zünden sie das Feuer an. In welchem sie dann selbst verbrennen. Wer den Gewaltlosen Gewalt antut. Wer den Unschuldigen Schaden zufügt. Dem mag von zehnerlei Übeln. Bald dieses begegnen, bald Jenes.“

Dhammapada, Weisheitslehren des Buddha

Tage des Kummers übernehmen mein Herz. Laute Gewitter bringen die Augen zum Weinen. Sind dies Tränen der Seligkeit? Ich fürchte mich nicht. Sind obige Worte von Buddha nur Worte ohne Sinn? Nein. Sie sind die Verkörperung der Wahrheit. Alle Zeilen die ich lese, reißen mein Herz in Stücke. Wie leben die Menschen? Sie leben genau das Gegenteil von dem oben beschriebenen. Sie haben eine Zivilisation aufgebaut, die nur auf Gewalt basiert. Gewalt gegen die

Natur, Gewalt gegen die Schöpfung, die Tiere und den Menschen. Liebster Herr, vergib ihnen. Sie wissen nicht was sie tun. Oder doch? Mich plagen Zweifel. Warum kann ich es sehen und alle anderen nicht? Ihre Antwort ist meist gleich, „Ist halt so." Sie wissen nicht, dass dieser Satz sie in die Hölle bringen wird, in dieser und in den nächsten Welten. Stillstand und Gleichgültigkeit bedeutet Götzendienst in der Sprache des Koran und in der Terminologie des großen Buddha.

Wie soll es nur weitergehen? kenne ich nicht den Weg heraus? Es scheint als wäre ich im Labyrinth der Menschen gefangen, in dem sie uns einsperren. In der Ferne höre ich wie die Tiere auf den Schlachthöfen gemordet werden. Ihr Leiden trifft mein Herz wie ein scharfes Messer. Der Schlaf ist mir geraubt, die Tage voller Qual. Diese Bilder vor meinen Augen bringen in mir die Hoffnung für den Menschen zum Sterben. Kann ich denn nicht eine Arche bauen und mit all den Tieren, Pflanzen und Bäumen dieser Welt fliehen? Fliehen, weit weg von hier, in andere schöne Welten? Wo wir geschützt sind vor dem größten Raubtier der Welt, „dem Menschen"? Ich weiß nicht, was ich sagen soll. Bin vor Not ganz stumm. Sie töten mich bei lebendigem Leib in ihrer Gesellschaft, nur weil ich diese Worte nicht erzählen soll. Jeden Tag gibt es einen neuen Holocaust an der Natur.

Werden die Menschen es eines Tages schaffen, mit der Natur die Tänze der Ewigkeit zu tanzen? Werden sie begreifen, dass die Natur sehr sensibel und feinfühlig ist? Werden sie den Regen der Misere sehen und dagegen etwas tun? Werden die Menschen meinen Worten folgen? Alles andere führt sie ins Verfluchte Tal. Ich sehe die Menschen unten im Tal. Ihnen fehlt es an Sensibilität für die universellen Gesetze. Werden die Menschen damit aufhören, die Flüsse zu verschmutzen? Und sich dem Fluss der Existenz widmen? Fragen über Fragen die in mir Berge zum Beben bringen. Werden das »Ich« und das »Du« verschwinden aus ihrer Welt? Wird die

Liebe zum Leben erwachen und die Lieder der Liebenden gespielt werden? Gerne würde ich schöne Worte der Zukunft widmen. Doch was ich sehen und beobachten kann ist, dass es unmöglich scheint, dass es jemals eine Besserung geben wird, solange die Menschen nach ihren Trieben und ihrem Magen leben.

Ja, noch heute werde ich anfangen die Arche zu bauen, und eines erhabenen Tages mit den Tieren, Pflanzen und Bäumen diese Welt verlassen. Dies ist nicht unsere Welt. Diese Welt wird beherrscht und regiert vom teuflischen westlichen, *weißen* Verstand. Der größte Unruhestifter aller Zeiten. Wo diese Menschen nicht sind, da muss das Paradies auf Erden sein. So lebet wohl...

Ein falsches Spiel

„Eine Form unserer gegenwärtigen Religion ist die Verehrung des Götzen Produktion. Die Produktion und der Konsum sind als solche zu einem Gott geworden. Der Mensch von heute ist vom Akt der Produktion selbst ähnlich fasziniert, wie es der Mensch in den religiösen Kulturen von den religiösen Symbolen war. Wir leben in dieser Kultur und sehen doch nicht, dass dies eine religiöse Haltung ist. Wir finden die Faszination des Produzierens ganz natürlich, weil sie nicht in eine religiöse Begrifflichkeit gefasst ist. Von Religion sprechen wir ja nur, wenn es um das Christentum oder Judentum, um das Kreuz oder die religiösen Rituale geht. Dass das Produzieren um der Produktion willen eine Religion darstellt, ist uns deshalb nicht bewusst, weshalb wir es auch nicht Religion nennen."

Erich Fromm, Die gegenwärtige Religion,
Die Anbetung der Produktion
und die Anbetung des Konsums.

Sie stecken uns in Käfige nach unserer Geburt. Sie konditionieren und vergiften uns. Die Last der Vergangenheit wird uns auferlegt. Als ein weißes Stück Papier werden wir geboren. Danach geben sie uns Identifikationen und weisen uns gewissen Stämmen und Göttern zu. In eine Art Knechtschaft werden wir gezwungen. Es ist kein Kampf zwischen Gut und Böse, sondern der Kampf der Glaubenssätze und Glaubenssysteme. Erst macht die Gesellschaft uns krank. Sie tötet das Funkeln der Kinderaugen und verunreinigt die Herzen der Kinder. Die sensiblen und feinfühligen Wesen, die ihren inneren Diamanten beschützen und die scheußliche Welt ablehnen, - sie werden dann als krank abgestempelt. Welch ein falsches Spiel.

Wir müssen den Autoritäten folgen, den alten Köpfen. So lange wir in diesem Gefängnis ohne irgendetwas zu hinterfragen mitspielen, loben sie uns. Sobald wir unangenehme Fragen stellen, kommt ihre Guillotine ins Spiel und sie schneiden uns unseren Kopf und unsere Intelligenz ab. Sie stempeln die Liebenden, die sich gegen das Harte, Alte wehren, als Verrückte, Verwirrte und Idioten ab. So haben sie es schon immer getan in der Geschichte. Sie geben ihren Straßen, die sie bewohnen, die Namen der großen Aufklärungsphilosophen der Vergangenheit. Als Zeichen ihrer Verlogenheit und Heuchelei. Doch die Aufklärungsphilosophen der heutigen Zeit verspotten sie und versuchen sie zu töten mit ihrem Gift. Nachdem wir Liebenden gestorben sind in ein paar Hundert Jahren, werden sie das gleiche mit uns machen. Sie werden unsere Namen ihren Straßen geben und die Menschen werden sagen, wie schön wir gewesen sind. Doch zu Lebzeiten folterten ihre Ahnen uns in ihrer Gesellschaft. Sie nagelten uns ans Kreuz, nur auf die moderne Weise. Die Foltermaßnahmen waren nur anders. In jeder Zeit verändern sich die Foltermaßnahmen gegen die Liebenden.

Sie vergiften die Kinder. Und dann bauen sie Psychiatrien und Vollzugsanstalten, um diesen Kindern zu helfen. Sie sind Mörder, Peiniger und Verursacher dieser Misere zugleich, und dann wollen sie mit ihren ekligen Tugenden diesen Menschen helfen. Wie eklig. Mörder der Seele und Helfer zugleich. Was soll ich nur sagen? Es ist so ein lügnerisches Spiel. Die Gesellschaft möchte nicht, dass der Mensch zu Freiheit und Poesie gelangt. Weil die Masse Angst vor der Freiheit hat. Alle Moscheen, Kirchen, Synagogen, Universitäten und Politiker müssen verschwinden wenn der Mensch zur Freiheit gelangen will. Sie alle sind Autoritär. Ein freier Mensch akzeptiert keine Autorität, weder innerlicher noch äußerlicher Art. Er lässt sich von der Liebe zur Existenz zu den Ozeanen der Freiheit geleiten, um dort das Lied der Erlösung zu singen. Doch auf der Stufe der Triebseelen lebt es sich einfacher für die meisten Menschen. Dort ist kein Raum für Poesie und hohe Dichtung. Deswegen verfallen sie der Macht, im kleinen und in großen Rahmen. Keiner möchte sich der universellen Liebe widmen. Sie bevorzugen lieber nur einen Menschen zu lieben, angeblich, und ihn zu töten mit dem Gesetz, indem sie heiraten.

Sie stempeln die Liebenden als pathologisch ab, doch sind sie es selbst, die der schlimmsten Krankheit verfallen sind. Sie sind der Feind des Lebens mit all den schönen Wundern.

Welche war meine Schuld?

„Tatsächlich ist alles falsch ohne Liebe. Doch Liebe ist so wertvoll, dass sie vor jeder Art von Verunreinigung, Verschmutzung, Vergiftung geschützt werden sollte. Beziehung vergiftet sie. Ich möchte, dass die Welt aus Einzelwesen besteht. Selbst das Wort „Paar" tut mir weh. Damit habt ihr zwei Einzelwesen zerstört, und ein Paar ist nichts Schönes. Lasst die Welt nur aus Einzelwesen bestehen, und wo immer die Liebe spontan erblüht, lasst sie singen, lasst sie tanzen, lasst sie leben aber macht keine Ketten daraus. Versucht weder, jemand anderen in Knechtschaft zu halten, noch erlaubt jemand anderem, euch in Knechtschaft zu halten. Eine Welt, die nur aus freien Einzelwesen besteht, wird eine wahrhaft freie Welt sein."

Osho, Buch der Freiheit

Ein Weltreisender bereiste die Welt und wurde zum liebenden Wanderer. Und doch verlor er niemals seine Wurzeln, die der Ewigkeit gewidmet sind und waren. Er flog hoch wie ein Adler und kam immer wieder zu seinem Nest zurück. Groß war seine Schuld, und schlimm sein Vergehen, seine Schande geheim und schwer. Auch wenn er wusste, dass die Masse unten im Tal ihm stets ein Dorn im Auge sein würde, so beschloss er voller Ehrfurcht vor dem Leben, seine Wanderung stets zur Geliebten fort zu führen. Es war seine kindliche Unschuld, die die Höhenflüge seiner Seele ermöglichten. Nein, er war kein religiöser Mensch im Sinne der traditionell herrschenden Götzenideologie, welche die Menschen Religion nannten. Und doch war seine Sprache die der Propheten und Mystiker. Er erneuerte die prophetische Botschaft, was seine Revolte gegen die organisierten Religionen war. Er entlarvte ihre Heuchelei im Namen Gottes. Ja, schwer war seine Schuld und groß sein Verbrechen.

Welches war nun seine genaue Schuld? Die Menschen liebten es in der Sklaverei zu Hause zu sein. Sie konnten nicht fliegen. Er brachte den Menschen die Flügel des Buches der Schönheit. All seine Werke und Dichtungen waren eine Interpretation des Koran. Es ist nicht einfach für die Religion der Ahnen, die seit Generationen immer wieder das gleiche erlebte, dass jemand kam und ihre Glaubenssätze von Grund auf erneuerte und hinterfragte. Sie hatten solch eine Schönheit noch nie gehört von ihren Ahnen. Diese Menschen, die eigentlich nicht Gott folgten sondern den Göttern ihrer Ahnen, diese sind in theologischer Sprache Götzendiener.

»Ich blieb fern von euren Tempeln und Gotteshäusern, da die Liebe dort nicht wohnte. Die traditionelle Art und Weise, religiös zu sein, verachtet den Schöpfer mit ihrem Denken und Handeln. Im Universellen fand ich meine Familie. Nein, ihr könnt mich nicht einer Gruppe zuordnen. Aus der Liebe bin ich gekommen, dahin werde ich bald zurückkehren. Nein, ein Gläubiger oder Ungläubiger wie ihr möchte ich nicht sein. Im Lande des Wissens sind die Lieder der Liebenden zu Hause. Nein, auch kein Intellektueller möchte ich sein. Sie sind schuldig und genauso heuchelnd wie die traditionellen, religiösen oder an nichts glaubenden Menschen.

Ich bin ein Tanz der Liebe. Ein Dichter und Mystiker. All die Blüten meines Gartens sind der unbekannten Göttlichkeit gewidmet. Meine Fenster öffne ich nur dem Frühling der Göttlichkeit. Ihr lebt in Käfigen aus Gold. Eure Tische sind gedeckt, und doch wisst ihr nicht, dass eure Seele noch nicht geboren ist. Eure Gesellschaften und ihre Bewohner möchten nicht in den schönsten Himmel fliegen. Wieso sollte ich euch achten? Nein, wir sind und können nicht auf gleicher Ebene sein. Eure Welt ist voller Spaltung. Wir Liebenden können nicht aufhören vom Himmel zu träumen. Da dort der Geliebte wohnt. Jede Sekunde streben wir nach ihr und fließen mit dem Fluss des Liebens in der Hoffnung, dass der Geliebte eines Tages zu seiner Geliebten findet.

Eure Welt möchte keine Liebenden Menschen wohnen lassen mit euch. Deswegen kreuzigt und vergiftet ihr sie, während sie am Leben sind. Und dies ist auch der Grund, warum die Existenz eure Gebete nicht erhört. Gott ist taub und wendet euch den Rücken zu. Eure Gebete stammen aus der Sehnsucht eures Egos. Sie sind nicht der Aufschrei nach der Einheit mit der Existenz zu leben.

Ja, das Niedere kann das Obere nicht verstehen. Deswegen war ich unter euch stets ein Fremder und Außenseiter. Es ist das Gesetz der Sache, dass die Masse niemals den Liebenden Wesen vergibt. Sie müssen beseitigt werden. Sie muss sie zerstören, damit sie mit sich selbst in Frieden leben kann. Ich brachte euch einen neuen Wortschatz, einen neuen Menschen. Den „Liebenden". In euch allen steckt dieselbe Schönheit wie in den Liebenden. Doch es tut weh, wenn man das Leid nicht auf sich nehmen möchte. Deswegen verstehe ich eure Minderwertigkeit mir gegenüber. Ihr müsst mich umbringen. Dies wusste ich bereits am Anfang dieser Reise, da meine Vorfahren genau den gleichen Weg mit euren Ahnen gingen.

Ihr müsst mich umbringen, hört ihr? Sonst werdet ihr niemals so weiterleben können. Ihr könnt euch nicht dem Billigen und der Hurerei weiterhin widmen, mit all euren Religionen und falschen Göttern. So bringt mich um. Hier ist mein Leib. Er gehört dem Tyrannen in euch. Wenn ich beseitigt bin, seid ihr alle wieder gleichwertig und es läuft keiner mehr in den Bergen eurer Welt herum und tanzt mit den Wäldern den Tanz der Seligkeit.

Eure Welt ist betrügerisch, ihr seid alle auf eure eigene Art und Weise kriminell. Alle sind eifersüchtig und ehrgeizig. Ihr sprecht alle die gleiche Sprache, auch wenn sie sich manchmal unterscheidet. Es ist die Sprache des Geldes. Diese Sprache kann sich der Wahrheit nicht widmen. Es ist ein Naturgesetz. Ihr ignoriert den Liebenden Geist in mir. Dies macht ihr bewusst in eurer Unwissenheit. Ja, nicht alle Menschen haben eine Seele. Dies ist kein Geburtsrecht. Ihr habt den Samen, doch eure Gärten sind verschmutzt. Nur sehr wenige Menschen in der Menschheitsgeschichte haben den Sprung zur Seele geschafft. Neunundneunzig Prozent der Menschen werden niemals geboren. Ihre Körper bewegen sich zwar, doch zum Übermenschen werden sie nicht. Das ist ein trauriger Zustand. In dieser Traurigkeit wollte ich euch helfen den Weg zum reinen Wasser zu finden. Doch ihr habt nun mein Todesurteil gefällt. Und, bitte seid aufrichtig, nur einmal, und tötet mich. Mit meinem Tod werde ich zu den anderen Liebenden finden. Ich habe von den Wundern des Lebens mich ernährt. Eure Welt kann mir fern bleiben. Früher hat man die Liebenden ans Kreuz genagelt. Die Formen der Folter ändern sich von Zeit zu Zeit. Ihr hattet kein Willkommen für mich unter euch. Meine Gegenwart störte euren betrunkenen Schlaf. Ihr wart unter Drogeneinfluss. Ob nun religiöser, atheistischer, politischer oder wirtschaftlicher Art. Alle Drogen sind gleicher Natur. Sie verhindern den Weg zum Tempel der Liebe.

Ich befreite mich von all euren teuflischen Strukturen und fand in das Land der Poesie und Dichtung. Ich rebellierte gegen eure Welt, was eine große Sünde in euren Augen war. Die größte die es gab.

Etwas bezauberndes, unbekanntes drang in mich hinein und ich verlor mich selbst in diesen unbekannten Wegen. Welch ein Segen.

So, hier bin ich nun. Bereit zu sterben. Mein Gewand braucht ihr mir nicht mehr auszuziehen, um mich zu entblößen vor den Menschen. Nein, in Nacktheit lebte ich mein Leben. In purer nackter Wahrheit. Bereit bin ich nun zu sterben. So tötet mich. In einigen Sekunden werde ich nicht mehr unter euch sein, doch unsere Herrschaft fängt dann an, in der Sekunde, in der unser Geist weiter reist zu anderen Ebenen. Die Lieder der Liebenden werden stets für immer gesungen werden, währen sich niemand an eure bösen Lieder erinnern wird«.

Das Mysterium der Liebe öffnet seine Tore nicht den Reichen

„Wenn Gott mir noch Atem für die nächsten zwanzig Jahre gibt, werde ich die Welt verändern. Weil meine Meinung gegen die herrschende Norm ist."

2Pac Amaru Shakur, Worte eines Propheten

Die Liebenden nehmen ihre Erkenntnisse aus dem Leben selbst. Liebe kann man nicht in Schulen, Universitäten und Gotteshäusern erlernen. Sie ist die Sehnsucht die in jedem Schlummert. Die Tochter eines armen Zimmermanns kann die majestätischste Liebe erfahren. All die Reichen können nicht lieben, wie Sie es kann. In ihrer Liebe wird ihre äußere Armut zur Göttlichkeit. Alle armen Bauern können zur Liebe voranschreiten während die Chefs der Konzerne und Politiker noch mindestens zehn Mal auf die Welt kommen müssen, um sich mit der Liebe vertraut zu machen. Die Liebe öffnet seine Tore nicht den Habgierigen Seelen. Es ist gegen ihre Natur. Deswegen ist die Liebe aus unserer Welt verschwunden. Da eine Kultur des Geizes entstanden ist und jeder sein Leben nach Macht und Prestige strukturiert. In einem konditionierten Geist kann die Liebe sich nicht niederlegen. Dort kann die Liebe keine Heimat finden. Nur unschuldige Kinder im Geiste, deren Reinheit in ihren Augen zu sehen ist, können zur Liebe hinauf fliegen. Es braucht eine gewisse Naivität und Vertrauen gegenüber dem Leben, um die Liebe zu erkennen.

Kosmisches Erwachen

„Gebrauche keinen Weg als Weg, habe keine Beschränkung als Beschränkung. Kunst lebt, wo totale Freiheit ist, denn wo keine Freiheit ist, kann es keine Kreativität geben. Die Stille in der Stille ist nicht die echte Stille, nur wenn Stille in Bewegung ist, wird der universelle Rhythmus öffentlich. Schärfe die geistige Kraft des Sehens, um gleich handeln zu können in Übereinstimmung mit dem, was du siehst. Sehen geschieht mit dem inneren Geist"

Bruce Lee, Tao des Jeet Kune Do

Es braucht das kosmische Erwachen. Falls wir Menschen mit unserem eigenen, künstlichen Intellekt weiterleben, wird das Chaos stets fortgeführt werden. Ein Leben, welches nicht nach dem Erlangen des kosmischen Bewusstseins strebt, ist ein leeres Leben. Die Psychoanalyse des Sigmund Freud hat versagt. Es ist ein langer Weg zur kosmischen Einheit. Doch die Masse möchte lieber den kurzen Weg wählen. Dieser Weg ist einfach und billig. Schaut euch eure Reichen an. Sie wollen alle auf kurzem Wege ihren Reichtum erwerben. Dieser kurze Weg beinhaltet Gewalt gegen das Leben. All eure talentlosen Schriftsteller sind den kurzen Weg gegangen. Deswegen werden sie auch von eurer Gesellschaft geehrt, währen die Liebenden Romanschreiber, die einen langen Weg gehen, in eurer Welt nicht vorkommen. Sie sind geistig zu hoch für eure niedere Welt.

Dort, wo es kein kosmisches Erwachen gibt, dort gibt es Terror. Dort gibt es korrupte Banden, wie Staaten und deren Politiker und Geistliche. Dort gibt es Waffen und es werden tagtäglich Millionen von Tieren umgebracht, um sie zu Essen. Die Sehnsucht des Koran ist, den Menschen zur kosmischen Einheit zu führen.

All eure Werte sind erkrankt. Sie sind gegen die Mysterien der Liebe. In all euren Tugenden ist ein Verbrechen zu finden wenn man tiefer forscht. Das Abbild der Erkrankungen sind die Nationen und Religionen. Von tausenden von Eseln kann keine einzige vernünftige Meinung kommen. Dies ist ein Naturgesetz.

Die Propheten sind laut Koran die kosmischen Zeugen. Sie kamen in die Welt um den Menschen Schönheit zu bringen und kehrten wieder in ihre alten Dimensionen zurück. Die Menschen verfälschten deren Botschaft nur, um die Sehnsüchte ihres eigenen Egos zu befriedigen. Die Massen hatten kein Interesse an der Wahrheit. Der Koran ist die Religion der Natur. Er ist der Spiegel der Existenz. Er fließt mit dem Fluss des Lebens. Alle die mit ihren Handlungen gegen das Leben fließen, verachten den Koran und seine 124.000 Propheten, die eine Familie sind. Die Religion des Koran ist ständig in Revolte und Rebellion gegen das Alte. Die Götzendiener hören nur auf die Worte ihrer Ahnen und benutzen dabei das Wort Gottes. Sie betrügen mit Gott. Die Tradition der Ahnen ist gegen das Göttliche. In allen Gotteshäusern wird der Kult der Ahnen gelebt. Er ist gegen die Gesetze der Existenz. Deswegen kann man dort den wahren liebenden Schöpfer nicht finden. Eure Welt und eure Gesellschaften sind eine Last für die Mutter Natur.

Bei den Bewohnern eurer Gesellschaften gibt es keine Menschen mit Tränen der Ewigkeit in den Augen. Die Liebenden sind stetig im Gehen auf dem Weg zum Geliebten. Eure Welten bleiben stehen oder laufen rückwärts. Sie sind nicht synchron mit den Gesetzen der Einheit des Lebens.

Mit Tränen in den Augen bitte ich um diesen letzten Tanz. Ich, der nur ein Bettler in den Straßen eurer Welt ist. Darf ich eure Almosen haben? Wenn ihr schon meine Werke nicht verstehen könnt, dann könnte ich doch euer Mitleid haben. Oder werdet ihr auf dem Hass bestehen, der in euch ist, wenn ihr mich seht? Werde ich weiterhin der Dorn in euren Augen sein? Schaut, ihr habt es geschafft, dass ich zu einem Bettler wurde. Ein Fremder, Ausgestoßener aus eurer Welt. Ganz nackt sitze ich hier vor euch. Ihr seid gekleidet in Kleidern aus Gold, doch in den Kleidern ist kein lebendiger Mensch zu sehen. Was kann ich dazu, dass mich das Leben liebkoste? Ist es nicht die Schuld eurer eigenen schwachen Geister, die den Weg zu den göttlichen Romanen nicht gefunden haben?

Ja, mit eurem Neid habt ihr mich getötet. So scheint es euch. Von weiten Wegen kam ich in dieses Land. Ihr jedoch bevorzugt in euren Werken und Handlungen stets den kurzen und einfachen Weg. Deswegen kommen in eurer Welt keine Romane vor und niemand steigt zur poetischen Liebe auf. Gefroren habe ich in euren Straßen und hungerte in kalten Nächten der Einsamkeit. Den treuesten Freund fand ich bei den Katzen. Ihre süßen Augen redeten zu mir, als Beweis der Wahrheit. So ist nun mal das Leben. Für manche öffnet sie die Tore zum Mysterium der Schönheit, für andere jedoch bleiben sie für immer verschlossen. So vergebt meine Tränen. In jedem Tropfen fließen eure Sünden aus meinen Augen. In Vertrauen nehme ich eure Sünden und falschen Tugenden auf mich. Es ist eine große Last, doch die Schönheit des Vertrauens lässt mich dies tun. Vergebt mir, meine Worte waren nicht immer angenehm für euch. Ja gewiss, manchmal auch hart. Doch Schöne Worte sind niemals angenehm. Am Abend der Menschheit kam ich auf die Welt, um euch zu warnen. Doch ihr machtet weiter in eurem leeren Vergnügen. Dies muss ein Naturgesetz sein. Die Masse ist immer blind für das Schöne und Erhabene. So vergebt mir meine Traurigkeit. Ihr sollt wissen, dass euer Zorn nicht gegen mich ist, sondern gegen die Wahrheit des Lebens. Meine Werke waren nur eine Übersetzung der Sprache der Indianer und ihrer Mutter Erde. Ja, meine Schuld war groß. Ich brachte den Menschen eine neue Sprache. Die der Zartheit, Feinfühligkeit und Güte. Doch die Sprache der Stärke und Gewalt kann diese Sprache nicht verstehen. Mein Auftrag war es, den Menschen wieder in das Land der Romane zu führen. Zurück zu seinem Herzen. In das Reich der Poesie und Dichter. Die Liebenden kommen auf eure Welt, immer dann, wenn es sehr dunkel ist, und um dann das Licht zu bringen. Ob ich der letzte nun bin? Das weiß ich nicht. Dies wird die Existenz entscheiden. Auch wenn ich bald nicht mehr bei euch sein werde, könnt ihr mich in den Augen eurer Kinder sehen. In den Bäumen und Flüssen. Im Gewitter, wenn ich wieder zornig mit der Herde bin, weil sie wieder einmal die Liebe verstoßen haben.

In all den Wundern, die Mutter Natur gebärt, werdet ihr meine Bücher sehen können. Es wird eine Interpretation des Koran sein. Des Buches der Schönheit.

Ach, wir Menschen waren gemacht um einander zu lieben und um Liebesromane zu erleben. Doch eure Technologien und Gesellschaften verhinderten dies. Unsere Wäsche trocknete doch in der gleichen Sonne. Doch ihr habt die Sonne verspottet. Ihr saht das Ganze, alles im Leben, nicht als Einheit an. Wohin nur mit euch?

Ach Burak, dies kann dir doch egal sein. Du solltest deine Koffer nun packen, um nach Hause zu kommen. Das Feuer der Hölle wird deine neue Heimat sein! Ich all die Sünden und die Unbewusstheit der Menschen auf mich. Sie sollen es gut haben. Mein letzter Wille ist es, nochmals mit den Schmetterlingen flirten zu können. Darf ich dies noch einmal tun? Dies wäre schön. Mit Tränen in den Augen und einem buckligen Rücken von der Last, begebe ich mich nun auf die letzte Reise. Ja, in der Hölle warten all die Propheten und Liebenden auf mich. Sie alle haben die Last der Menschen auf sich genommen. Im Lande der Romane sind die Liebenden zu Hause. Ihr Wort ist mein Gebet. Eure künstlichen, billigen Bücher werden niemals zur Ewigkeit finden, da sie den kurzen Weg gegangen sind. Das Wort eines Liebenden, welcher einen langen Weg auf sich genommen hat, das kann man nicht bezwingen. Bereit bin ich nun im Fegefeuer zu brennen. So lebet wohl...

Intellekt bedeutet Gewalt gegen die Romane des Lebens

„Logik bringt dich von A nach B. Deine Phantasie bringt dich überall hin."

Albert Einstein

Es gibt zwei Arten der Dimension zu Leben. Auf der einen Seite ist es der Intellekt, die Logik. Und auf der anderen Seite ist es die Intelligenz. Die Masse der Menschheit lebt im Intellekt und ist darin gefangen. Diese Art und Weise zu leben ist gegen das Leben gerichtet und gegen das humane System, welches im Menschen verankert ist. Die Kinder besitzen die Intelligenz, welche der Göttlichkeit gewidmet ist und wahre Religiosität bedeutet. Jesus sagte einst: »Wenn ihr nicht umkehrt und werdet wie die Kinder, so werdet ihr nicht ins Himmelreich kommen«. Er beschrieb hier die Intelligenz des Lebens. Es ist die wahre Intelligenz, die der Liebe zum Leben sich widmet.

All die Technologien, Glaubenssysteme, Wirtschaftsstrukturen, Schulen und Universitäten sind heute dem Intellekt gewidmet. Der künstlichen Logik. Sie wird die Menschheit zugrunde gehen lassen. Sie bringt Dualität und spaltet die Einheit der Existenz. Sie ist künstlich, deswegen ist die Masse der Menschheit, welche ich die Herde nenne, neurotisch schwer erkrankt. All die Romane sind deshalb aus dem Leben der Menschen gewichen. Sie mussten fort ziehen in andere Sphären, wo der Mensch nicht hinfindet. Ihre Traurigkeit ist wegen des künstlichen Intellekts entstanden, der nichts von den Mysterien des Lebens versteht. Intellekt bedeutet angehäuftes, totes Wissen und Informationen aus der Vergangenheit. Er ist nur eine Insel, abgetrennt vom Kontinent der

Erde. Deswegen scheidet sein scharfes Messer die Herzen der Menschen und das göttliche Bewusstsein kann nicht erreicht werden. Dies ist die Versklavung dieses Jahrhunderts.

Auf diese Art und Weise kann keine Genesung stattfinden und die Romane werden nicht zurück finden zu uns. Die Menschen widmen sich dem äußeren Intellekt und identifizieren sich mit diesem Gift. Es gibt eine Spaltung zwischen dem Du und dem Ich. Ob man nun an Gott glaubt oder ein Intellektueller ist, es macht keinen großen Unterschied. Beide widmen sich der toten Logik. Sie gehören beide eigentlich zu einer Familie. Sie haben nur verschiedene Kostüme an. Die wahre Intelligenz dagegen kommt aus dem Herzen, aus dem Bewusstsein der Einheit des Lebens. Das Leben fließt durch das Bewusstsein der Liebenden. Sie sind die wahren Glaubenden und Vertrauenden.

Das Schwache ist die größte Macht

„Gib dich dem Leben hin. Erlaube dem Leben dich zu führen und versuche nicht das Leben zu führen. Versuche nicht das Leben zu manipulieren und zu kontrollieren. Lass das Leben Besitz von dir ergreifen. Gib dich einfach hin. Sag einfach, „Ich bin Nichts" Übergib dem Leben alle Macht und geh mit ihm."

Lao-Tse

Auf meiner Reise unten auf der Welt, schaute ich mir die Menschen an. Ich beobachtete diejenigen, die auf der Welt Erfolg hatten und von der Herde geehrt wurden. Sie lebten ein unechtes Leben. Sie waren nicht lebendig. Sie trugen falsche Masken. In ihnen konnte man kein pulsierendes Herz spüren. Alles in ihrem Leben war mechanisch. Sie hatten zwar genügend Geld, Macht und Ruhm, doch ihr Gang und ihr Reden hatten keine Poesie die aus den Tiefen des Lebens kommen. Ihre Paläste wurden zu ihrer Höhle. Ihre Handlungen waren hart und gegen das Leben gerichtet.

Das Schöne ist weich, zart und schwach. Deswegen werden Liebende Geister niemals nach Macht und Ruhm streben können. Es ist ein Naturgesetz. Schwäche besitzt eine Schönheit, die man nicht besiegen kann. Sie ist zart und fließt mit dem Fluss des Lebens. All eure Gesellschaften widmen sich der Härte und Barbarei. Ja, das Leben liebt die Schwachen. Sie werden in den Geschichtsbüchern der Wahrheit stehen, und nicht die harten Menschen. Schwäche bedeutet Vergebung und Konfliktlosigkeit. Nur wenn die Menschheit sich der Schwäche und Zartheit widmet, wird es ein Paradies hier geben. Eure Welten sind aufgebaut auf Wettbewerb und Konkurrenz, das Ebenbild der Härte. Nur durch die Augen eines unschuldigen Kindes kann man das Antlitz Gottes sehen. Eure Augen sehen nur das dunkle, einfache und billige.

Das reine, weiche, zarte Herz ist das Gegengift aller Probleme. Die ganze Welt ist verkehrt, da nur harte Menschen an der Spitze stehen und regieren. Sie sind ein Spiegelbild eurer eigenen Tyrannen in eurem Inneren. Ihr wollt nur werden wie sie. Doch sollten nur die schönsten Blüten an der Spitze stehen. Es sind die Dichter, Mystiker und Poeten. Ja, unsere Herzen sind nicht leer wie es unsere Geldbeutel sind, doch wir, die Liebenden, sind die wahre Schönheit auf Erden. Unsere Schönheit hat Macht, enorme Macht. Ihr könnt dies nicht verstehen, solange ihr euch der Härte widmet.

Fenster des Lebens

„Hättet ihr doch mal ein schönes Gedicht gelesen, oder eine Katze geliebt. Vielleicht hättet ihr dann nicht die Welt so schlimm verpestet."

Turgut Uyar

Ich schaue durch das Fenster des Lebens. Die Menschen widmen sich ihren Leidenschaften und gelangen nicht zur seligen Ruhe. Nur sehr wenige Menschen möchten mit ihrer Seele zum Himmel aufsteigen. Touristen besteigen den Himalaya und konsumieren alles was sie nur in die Hände bekommen, aber niemand möchte den Himalaya seines eigenen Wesens besteigen. Ich sehe, dass die Dichter und Mystiker die Spiegelung der Wahrheit sind. Sie wohnen in einer ganz anderen Dimension, obwohl sie unter den gewöhnlichen Menschen auf der Welt weilen. Die Wissenschaftler sind die neuen Priester der heutigen Zeit. Sie haben nur ihr Kostüm gewechselt. Was sie sagen darf nicht bezweifelt werden. Ihr inneres Auge ist blind. Verwirrt hat mich ihre Welt. Die Tage ihrer Welt sind dunkel.

Ich bin die Stimme der Armen und Ausgestoßenen. Wo immer ich einem Reichen und Habgierigen Menschen begegnete, dort war ein fürchterlich schlimmer Gestank. Ich springe jeden Tag in den Fluss des Lebens und nehme es durch meine Werke mit den stinkenden, reichen Menschen auf. Sie stehen am Ufer des Lebens. Sie haben keinen Zutritt zum Fluss der Liebe. In ihren Häusern brennt kein Licht. Sie sind in einem hoffnungslosen Zustand. Sie werden sich niemals auf die Reise zum Ozean machen können, da sie die Gesetze der Natur und das Recht der Armen verstoßen haben. Nur die

88

heimatlosen Wanderer werden von den Händen des Lebens umarmt. Sie wohnen in Zelten und brechen jederzeit zu neuen Orten auf. Ihr Geist ist verrückt geworden vor Liebe.

Die Menschen leben eine Lüge. Sie denken, dass ihre Kinder ihnen gehören. Doch das ist gegen die Gesetze der Natur. Wir alle sind nur Reisende die sich auf dem Weg begegnet sind. Deswegen bindet keine Fesseln an eure Kinder. Jahrhunderte lang habt ihr sie nun schon vergiftet mit euren Konditionierungen. Nichts gehört dem Menschen. Jeglicher Besitzt ist eine kriminelle Tat.

Ja, die höchste Wahrheit auszusprechen ist ein dorniger Pfad. Schaut wie sie mich kreuzigen. Nur die Art hat sich geändert. Auf den höchsten Gipfeln zu wohnen ist nicht angenehm für die Masse und früher oder später wird sie sich rächen und die Liebenden kreuzigen. Und ich beuge mich ihrer Kreuzigung. Denn alles hat seinen Grund, warum und wann etwas passiert. Nach der Kreuzigung muss etwas sehr Schönes sein. Meine Schuld war dabei nur, ihre verfälschten Religionen zu entlarven und zu sagen, dass all ihre Gesellschaft aus einer religiösen Haltung besteht. Auf ihrem Geld steht sogar der Name ihres falschen Gottes drauf. Ihr Wissen ist nur geklaut. Es kommt aus dem Intellekt. Dem Feind der Liebe. Die Liebe der Liebenden ist stets echt. Meine Werke sind ein Medium der Existenz sich auszudrücken. Es ist eigentlich nicht Meine, Persönliche Meinung. Ich spreche nur ihre Sehnsucht aus. Oh welch schönes Glück. Die Lieder der Ewigkeit werden von den Armen und Ausgestoßenen gesungen. Die Reichen besitzen keine Kreativität. Sie werden nicht vom Leben gesegnet. Ihr Geist ist träge und mechanisch.

Sie bewerfen mich mit Steinen und kreuzigen mich jeden Tag aufs Neue. Doch ist es ihr eigenes Selbst, welches sie verletzen. Gegen die höchste Wahrheit kann man nicht siegen. Auch wenn sie ihr ganzes Heer, ihre Polizisten, Staaten, Zeitungen und Konzerne gegen mich richten. Sie werden nach ihrem Tode vergessen sein. Doch unsere Lieder werden von den Kindern der Ewigkeit gesungen werden. Mit einem Lächeln auf den Gesichtern werden sich die Liebenden Wesen an uns erinnern. Ja, die Menschen laufen auf falschen Wegen, seit Jahrhunderten. Ja, in den Tieren, der Katze, dem Hund, dem Löwen, dem Tiger und den Vögeln träumt Gott viele Träume. Nur der Mensch ist ohne Träume geblieben.

Was ich immer wieder sah, im Blick durch das Fenster des Lebens war, dass man den guten Menschen nicht vergibt. Die Menschen sind zornig auf diejenigen, die zur Liebe aufgestiegen sind. Man kann es überall beobachten. Die Masse bekommt Schuldgefühle in der barmherzigen Güte der Liebenden. Die Lügen der Masse wird durch die Liebenden aufgedeckt. Die Liebenden werden zu Lebzeiten stets bespuckt. Die Höhe ihrer Geister kann nicht geduldet werden von der blinden Herde. Eigentlich kreuzigen sie ihre eigene Schuld, wenn sie mich diskriminieren. Allein die Gegenwart der Liebenden, die aus dem Lande der Romane kommen, ist beängstigend für sie. Zu gut und weich ist unser Herz um in ihrer gewalttätigen Welt zu leben. In unserem Schweigen sagen wir die Wahrheit. Warum nur diskutieren mit niederen Menschen? Es macht keinen Sinn. Ich sah die erhabene Schönheit des schönsten Gottes in seiner schönsten Pracht. Meint ihr, dass ich noch auf euer Wort höre? Zu niedrig ist eure Welt für einen Liebenden Geist. Deswegen sind die Liebenden stets in Rebellion gegen die Masse.

Alle Dinge kehren zu einem selbst zurück. Was die Menschen verteilen kehrt eines Tages zu ihrem Hause zurück. Ihre Wut und ihr Hass wird ihnen früher oder später zum Verhängnis werden. Die Liebenden teilen nur Blumen aus. Alles Böse, was die Menschen anderen Wesen antun, tun sie sich selbst an. Sie bespucken die Liebenden. Der Speichel ihres Hasses wird den Weg wieder zurück zu ihnen finden. Folglich werden die Liebenden davon nicht verletzt. Deswegen ihre Wut. Das Harte besitzt keine Schönheit. Das Feinfühlige ist zart und widmet sich den femininen Kräften. Zu Lebzeiten verurteilten sie uns. Nach unserem Tode werden sie uns Anbeten. Welch ein neurotisches Spiel.

Mein Seelenbruder 2Pac Amaru Shakur

"Wie können Menschen mehrere Millionen Dollars haben, während andere kein Dach über dem Kopf haben und auf den Straßen sterben? Das macht keinen Sinn. Und dann feiern sie heuchlerische Weihnachten. Könnt ihr euch vorstellen? Jemand ist Millionär und andere besitzen gar nichts. Wie können sie denn schlafen, was ist mit ihrem Gewissen? Und diese Art von Menschen bekommen die humanitären Auszeichnungen. Wie können Millionäre humanitär sein? Wegen ihnen gibt es notleidende Menschen. Dies zeigt doch, wie unmenschlich sie sind. Jeder sollte geben was er besitzt. Dafür muss man Revolutionär sein. Das geht doch nicht, dass einige mehrere Häuser haben, während andere gar kein Platz zum Schlafen haben. Das ist nicht fair."

2Pac Amaru Shakur

Geliebter 2Pac, Krieger aller Krieger. Geliebte Lotusblume. Seit du die Menschen verlassen hast, sind wir nun ganz am Ende der Straße angekommen. Sie führen noch immer Kriege anstatt die Armen zu ernähren. Ihre Waffen sind heute noch destruktiver und listiger. Die Menschen haben dich niemals richtig verstanden. Du warst ein Prophet aus dem Lande der Dichter und Propheten. Bald werde ich bei dir sein. Warte mit deinen Armen offen. Es wird sehr bald werden. Du bist mein Seelenbruder. Die Menschen haben niemals deine Botschaft und deine Musik verstanden. Du redetest die Sprache der Schönheit. Deine Musik war eine Interpretation des Koran. Dein Herz war der größte Krieger, der schönste Samurai. In deinen Augen sah ich das schönste Jenseits. Du bist einer aus unserer Familie der Liebenden. Sie haben dich ermordet und leiden lassen. Deine zitternde Stimme konnte ich hören und es tat sehr weh. Die Menschen lieben es, die Blumen der Menschheit zu quälen und umzubringen. Heute tun sie es mit mir und den anderen Liebenden. Der alte Weg, den die Menschen leben, funktioniert einfach nicht. Wie kann es sein, dass ein Mensch Millionen von Dollar besitzt, während es hungernde Menschen auf den Straßen gibt? Du hast die Sprach der Wahrheit geredet, und deswegen den Hass der USA auf dich gezogen. Die größte Mafiagang der Welt. Du sagtest: »Realität ist falsch, Träume sind echt«. Ja, wie Recht du hattest. Deswegen träume ich von dir. Dich bald zu umarmen, mit dir einen Tee zu trinken und deine göttliche Musik zu hören. Ich liebe dich, mein Seelenbruder. Bis bald...

„Die europäische Zivilisation...ist eine Menschenfresser-
zivilisation; sie bedrückt die Schwachen und bereichert
sich auf ihre Kosten. Überall lässt sie Neid und Haß
aufschießen, wo sie hintritt, wächst kein Gras mehr...
Ihre Macht rührt daher, daß sie alle ihre Kräfte auf das
einzige Ziel der Bereicherung richtet... Unter dem
Decknamen Patriotismus bricht sie das gegebene Wort,
wirft schamlos ihre Lügen gewobenen Fangnetze aus,
errichtet in ihrem dem Profit gewidmeten Tempel
ungeheuerliche Riesenbilder, jedem Gott zu Ehren, den
sie anbetet. Ohne das mindeste Zaudern prophezeien
wir: das wird nicht immer dauern!"

Rabindranath Tagore (1861 – 1941)
in Bengali: Ravindranath Thakur
indischer Dichter und Philosoph
Nobelpreisträger für Literatur 1913

Liebende Geister die zur Poesie wurden

~ Osho, Verliebt in das Leben:

„Wer wirklich gewaltlos sein möchte, sollte ein Krieger sein, sollte ein Samurai sein, sollte die Schwertkunst beherrschen und sollte die Kunst des Bogenschießens beherrschen. Nicht um irgendwen zu töten, sondern nur zum Schutz der eigenen Würde, der eigenen Freiheit, das ist eine glasklare Logik. Aber Indien hat das bis heute noch nicht verstanden. Niemand erkennt, dass es unsere Ideologie der Gewaltlosigkeit ist, die uns schwächt, schutzlos und angreifbar macht. Sie hat uns der Kraft und Macht beraubt, uns gegen diejenigen zu wehren, die uns unterwerfen wollen."

„Nobel war der größte Waffenproduzent der Welt. Mit seinen Waffen wurden Millionen von Menschen getötet. Aber mit dem angehäuften Geld hat er eine Organisation der Nächstenliebe gestiftet. Und heute werden jedes Jahr all die Nobelpreise von den bloßen Zinsen dieses Geldes finanziert. Das ursprüngliche Geld bleibt auf der Bank, nur die Zinsen. Und niemand schert es, dass dieses Geld von Blut besudelt ist, während der Name Nobel zu einem der größten Namen der Geschichte geworden ist."

„Indem wir einem anderen wehtun, tun wir uns selber weh. Aber diese Einsicht dämmert dir erst, wenn du auf dem höchsten Gipfel der Seligkeit angekommen bist. Ich wollte mein ganzes Leben nie geachtet sein. Ich achte die gegenwärtige Menschheit zu gering, als dass ich

ihre Achtung wünschte, mir reicht ihre Missachtung. Vielleicht werden die Menschen die Zarathustra "Übermenschen" nennt, mich achten können. Es gibt schon ein paar wenige, die mich verstehen, aber deren Achtung ist dann nicht nur Achtung, sondern Liebe. Ich bin kein Gelehrter. Vielleicht bin ich der ungelehrteste Mann der Welt. Und es wäre mir unerträglich von der gegenwärtigen Menschheit geachtet zu werden. Dazu hat sie nicht die Intelligenz und auch nicht das Herz und auch nicht das Sein. Fünfundzwanzig Jahrhunderte sind verstrichen, und Zarathustra wird immer noch nicht verstanden, wird heute nicht einmal geliebt und geachtet. Vielleicht muss der Mensch, der Männer wie Zarathustra lieben kann, noch geboren werden. Die Klarheit , die Intelligenz, die Stille, die erforderlich ist, um ihn zu verstehen, fehlt den heutigen Menschen völlig."

~ Blaise Pascal:

„Die Weisheit führt uns zur Kindheit zurück."

„Es gibt viele die Glauben, allerdings aus Aberglauben."

„Die Menschen rufen niemals so viel Leid hervor, als wenn sie aus Glaubensüberzeugung handeln."

„Die schönen Taten, welche in der Verborgenheit geschehen, sind die schönsten."

„Darum ist man auf die Macht verfallen, da man das Gerechte nicht finden konnte."

~ *Manfred Poisel:*
„Poesie ist Mondschein in der Finsternis unserer Tage."

~ *Elvira Lauscher:*
„Poesie ist der Gesang einer Seele, die nicht sprechen will. Deren Licht in Worten leuchtet und in der Farbigkeit der inneren Welt mit Buchstaben malt."

~ *Wilhelm Busch:*
„Armer Haushalt. Wer weh ohne Rechte Mittel sich der Poesie vermählt. Täglich dünner wird der Kittel, und die Milch im Hause fehlt. Ängstlich schwitzend muss er sitzen. Fort ist seine Seelenruh. Und vergeblich an den Zitzen zupft er seine magre Kuh."

~ *Nazim Hikmet*
„Leben wie ein Baum, einzeln und frei und brüderlich wie ein Wald, das ist unsere Sehnsucht."

~ *Arthur Rimbaud*
„Der Verstand ist eine Autorität."

~ *Albert Einstein:*

„Eine neue Art von Denken ist notwendig, wenn die Menschheit weiterleben will."

„Es ist schwieriger eine vorgefasste Meinung zu zertrümmern, als ein Atom."

„Die Welt wird nicht bedroht von den Menschen, die böse sind, sondern von denen, die das Böse zulassen."

„Mozarts Musik ist so rein und schön, dass ich sie als die innere Schönheit des Universums selbst ansehe."

„Wenn ich mit meiner Relativitätstheorie recht behalte, werden die Deutschen sagen, ich sei Deutscher und die Franzosen, ich sei Weltbürger. Erweist sich meine Theorie als falsch werden die Franzosen sagen, ich sei Deutscher, und die Deutschen, ich sei Jude."

„Das Schönste, was wir erleben können, ist das Geheimnisvolle."

~ Friedrich Nietzsche:

„Das Wort schon „Christentum" ist ein Missverständnis – im Grunde gab es nur einen Christen, und der starb am Kreuz."

„Auf dem Markt glaubt niemand an höhere Menschen."

„Aber die Faulheit, welche im Grunde der Seele des Tätigen liegt, verhindert den Menschen, das Wasser aus seinem eigenen Brunnen zu schöpfen."

~ Rousseau:

„Der Gott, den ich anbete, ist nicht ein Gott der Finsternis; er hat mir den Verstand nicht gegeben, um mir den Gebrauch desselben zu untersagen. Von mir verlangen, meine Vernunft gefangen zu geben, heißt ihren Schöpfer beleidigen."

„Die Jugend ist die Zeit, Weisheit zu lernen. Das Alter ist die Zeit, sie auszuüben."

„Der Mensch ist frei geboren, und überall liegt er in Ketten."

„Was kannst du genießen, / wenn du allein genießest?"

„Die Bäume, die Sträucher, die Pflanzen sind der Schmuck und das Gewand der Erde."

„So bin ich denn nun allein auf Erden, ohne Bruder, ohne Nächsten, ohne Freund, überlassen meiner eigenen Gesellschaft."

„Auf den Knien schreibe ich an dich, das Papier benetze ich mit meinen Tränen."

„Das Böse, das der Mensch tut, fällt wieder auf ihn zurück."

~ Osho Shree Rajnesh:

„Unsere ganze Einstellung dem Leben gegenüber ist geldorientiert. Und Geld ist eines der unkreativsten Dinge, für die man sich interessieren kann. Unsere ganze Einstellung ist machtorientiert, und Macht ist destruktiv, nicht kreativ. Ein Mensch, der hinter Geld her ist, wird destruktiv, denn Geld muss gestohlen werden, Menschen müssen ausgebeutet werden, es muss vielen weggenommen werden, nur dann kannst du es haben. Macht bedeutet einfach, dass du viele Menschen ohnmächtig machen musst, du musst sie zerstören – nur dann bist du mächtig, nur dann kannst du mächtig sein. Vergiss nicht: es sind destruktive Taten."

„Geld, Macht und Ansehen sind unkreativ, sie sind nicht nur unkreativ, sie sind sogar destruktiv. Hüte dich davor! Und wenn du dich davor hütest, dann ist es leicht kreativ zu werden. Ich sage damit nicht, dass deine Kreativität dir Macht, Ansehen und Geld einbringt. Nein, ich kann dir keinen Rosengarten versprechen. Es kann sein, dass sie dir Schwierigkeiten einbringt, es kann sein, dass du ein armes Leben führen wirst. Alles, was ich dir versprechen kann, ist, dass du innen der reichste Mensch sein wirst, du wirst tief drinnen erfüllt sein, du wirst tief drinnen voller Freude und Festlichkeit sein. Du wirst mehr und mehr Gnade von Gott empfangen. Du wirst ein Leben voller Segnungen führen. Aber es ist möglich, dass du nach außen nicht berühmt wirst, es kann sein, dass du kein Geld hast, dass du in der sogenannten Welt nicht erfolgreich bist. Aber in dieser sogenannten Welt erfolgreich zu sein, heißt zu versagen, heißt, in der inneren Welt zu versagen. Und was machst du, wenn dir die ganze Welt zu Füßen liegt und du dein inneres Selbst verloren hast? Was machst du, wenn du die ganze Welt besitzt und dich selbst nicht besitzt? Ein kreativer Mensch besitzt sich selbst, er ist ein Meister."

~ Osho:

„Ein Mensch, der hinter Geld und Macht und Ansehen her ist, ist ein Bettler, er bettelt ununterbrochen. Er kann der Welt nichts geben. Sei freigiebig, teile mit anderen, was du hast. Und vergiss nicht, ich unterscheide nicht zwischen großen und kleinen Dingen. Wenn du aus deinem Herzen heraus lächeln kannst, jemandes Hand halten und lächeln kannst, dann ist das kreativ, es ist eine großartige kreative Handlung. Umarme einfach jemanden aus deinem Herzen heraus, und du bist kreativ. Schau einfach jemanden liebevoll an, ein liebevoller Blick kann die Welt eines Menschen verändern."

~ Osho, Kreativität:

„Nicht jeder kann ein Maler sein – und das ist auch gar nicht nötig. Wenn jeder ein Maler wäre, wäre die Welt sehr hässlich, man könnte kaum darin leben. Und nicht jeder kann ein Tänzer sein, und das ist auch nicht nötig. Aber jeder kann kreativ sein. Was du auch tust, wenn du es mit Freude tust, wenn du es liebevoll tust, wenn du es nicht aus rein ökonomischen Interessen tust, dann ist es kreativ. Wenn es dir etwas gibt, wenn du daran wächst, dann ist es spirituell, es ist kreativ, es ist göttlich.
Je kreativer du wirst, desto göttlicher wirst du. Alle Religionen der Welt haben gesagt, dass Gott der Schöpfer ist. Ich weiß nicht, ob er der Schöpfer ist oder nicht, aber eins weiß ich: je kreativer du wirst, desto göttlicher wirst du. Wenn deine Kreativität zum Höhepunkt kommt, wenn dein ganzes Leben kreativ ist, dann lebst du in Gott. Also muss Gott der Schöpfer sein, denn die kreativen Menschen sind ihm am nächsten. Liebe, was du tust, sei meditativ in dem, was du tust – egal, was es ist, unabhängig davon, was es ist.
Hast du gesehen, wie Paras den Boden dieses Chuang Tzu Auditoriums putzt? Dann weißt du, dass auch Putzen kreativ sein kann. Mit welcher Liebe! Sie singt und tanzt beinahe dabei. Wenn du einen

Boden so liebevoll putzt, hast du ein unsichtbares Gemälde geschaffen. Du hast diesen Moment so sehr genossen, dass du innerlich gewachsen bist. Nach einem kreativen Akt bist du nicht mehr derselbe. Kreativität bedeutet zu lieben, was du tust, – es zu genießen, es als Geschenk der Existenz zu feiern. Vielleicht erfährt es niemand. Wer wird Paras dafür loben, dass sie den Boden putzt? Die Geschichte bemerkt es nicht, Zeitungen veröffentlichen ihren Namen und ihr Bild nicht – aber das ist nicht wichtig. Sie genießt es. Der Wert liegt in der Handlung selbst.

Wenn du also auf Ruhm aus bist und glaubst, dass du kreativ bist, wenn du so berühmt bist wie Picasso, dann verpasst du es. Dann bist du überhaupt nicht kreativ: Du bist ein Politiker, ehrgeizig. Wenn sich Ruhm einstellt, gut. Wenn er sich nicht einstellt, auch gut. Darauf solltest du nicht achten, du solltest darauf achten, dass du genießt, was du tust. Es ist deine Liebesgeschichte.

Wenn das, was du tust, deine Liebesgeschichte ist, dann wird es kreativ. Kleine Dinge werden groß, wenn sie mit Liebe und Freude berührt werden.

Du sagst: 'Ich dachte immer, ich sei nicht kreativ.' Wenn du das glaubst, dann kannst du nicht kreativ sein – denn Glaube ist nicht einfach Glaube. Er öffnet Türen, er verschließt Türen. Wenn du falsche Glaubenssätze hast, umgeben sie dich wie verschlossene Türen. Wenn du glaubst, dass du nicht kreativ bist, dann wirst du nicht kreativ – denn dieser Glaubenssatz verbaut und verhindert ständig dass du ins Fließen kommst. Er erlaubt deiner Energie nicht zu fließen, du wirst dir ständig sagen: 'Ich bin nicht kreativ.'

Und das ist jedem beigebracht worden. Nur wenige Menschen werden als kreativ akzeptiert: Ein paar Maler, ein paar Dichter – einer unter Millionen. Das ist einfach dumm! Jeder Mensch ist kreativ geboren. Schau dir einmal Kinder an, dann siehst du es: Alle Kinder sind kreativ. Nach und nach zerstören wir ihre Kreativität. Nach und nach zwingen wir ihnen falsche Glaubenssätze auf. Nach und nach lenken wir sie ab. Nach und nach machen wir sie immer profitorientierter, politischer und ehrgeiziger.

Wenn Ehrgeiz entsteht, geht Kreativität ein – ein ehrgeiziger Mensch kann nicht kreativ sein, denn ein ehrgeiziger Mensch kann keine Handlung ihrer selbst willen lieben. Wenn er malt, schaut er schon in die Zukunft und denkt: 'Wann bekomme ich den Nobelpreis?' Wenn er einen Roman schreibt, schaut er in die Zukunft. Er lebt in der Zukunft – und ein kreativer Mensch ist immer in der Gegenwart.

Wir zerstören Kreativität. Niemand wird unkreativ geboren, aber wir machen neunundneunzig Prozent der Menschen unkreativ.

Aber es nützt nichts, nur die Verantwortung auf die Gesellschaft zu schieben – du musst dein Leben selbst in die Hand nehmen. Du musst falsche Konditionierungen fallen lassen. Du musst falsche Autosuggestionen fallen lassen, die dir in deiner Kindheit vermittelt wurden. Hör damit auf! Reinige dich von allen Konditionierungen, und plötzlich stellst du fest, dass du kreativ bist.

Zu sein und kreativ zu sein sind Synonyme. Es ist unmöglich, zu sein und nicht kreativ zu sein. Aber dieses Unmögliche ist geschehen, diese Hässlichkeit ist geschehen, all deine kreativen Quellen wurden blockiert, verstopft, zerstört, und deine ganze Energie wurde in Bahnen gezwungen, die sich auszahlen.

Eine kreative Handlung verschönert diese Welt, bereichert diese Welt, sie nimmt ihr nichts weg. Ein kreativer Mensch verschönert diese Welt – ein Lied hier, ein Gemälde dort. Er unterstützt die Welt darin, besser zu tanzen, sie mehr zu genießen, mehr zu lieben, mehr zu meditieren. Wenn er die Welt verlässt, verlässt er eine bessere Welt.

Vielleicht kennt ihn niemand, vielleicht kennen ihn einige – das ist nicht wichtig. Aber er verlässt eine bessere Welt, er ist sehr erfüllt, denn sein Leben hatte einen inneren Wert.

Darum haben wir im Osten Sannyasins Swamis genannt. Swami bedeutet Meister. Bettler wurden Swamis genannt, Meister. Wir haben Herrscher gekannt, aber bei ihrer letzten Kontoführung, bei der letzten Betrachtung ihres Lebens waren sie Bettler. Ein Mensch, der hinter Geld und Macht und Ansehen her ist, ist ein Bettler, er bettelt ununterbrochen. Er kann der Welt nichts geben.

Sei freigiebig, teile mit anderen, was du hast. Und vergiss nicht, ich unterscheide nicht zwischen großen und kleinen Dingen. Wenn du aus deinem Herzen heraus lächeln kannst, jemandes Hand halten und lächeln kannst, dann ist das kreativ, es ist eine großartige kreative Handlung. Umarme einfach jemanden aus deinem Herzen heraus, und du bist kreativ. Schau einfach jemanden liebevoll an, ein liebevoller Blick kann die Welt eines Menschen verändern.

Sei kreativ, mach dir keine Sorgen darüber, was du machen könntest. Man muss vielerlei tun, aber tue alles auf kreative Weise, mit Hingabe. Dann wird deine Arbeit zur Andacht. Dann wird alles, was du machst, zum Gebet. Und alles, was du machst, wird dem Altar dargeboten.

Lass diesen Glauben los, du seist nicht kreativ. Ich weiß, wie solche Glaubenssätze entstehen: Du hast vermutlich keine Goldmedaille errungen, du bist vermutlich nicht Klassenbester gewesen, deine Malversuche sind vermutlich nicht gelobt worden, wenn du auf der Flöte spielst, rufen die Nachbarn die Polizei. Vielleicht war es so – aber deswegen nimm nicht den falschen Glauben an, du seist nicht kreativ. Vielleicht glaubst du das, weil du andere imitierst.

Die Menschen haben eine sehr begrenzte Vorstellung von Kreativität – Gitarre oder Flöte spielen, Gedichte schreiben – und so schreiben die Menschen den größten Blödsinn im Namen von Poesie. Du musst herausfinden, was du kannst und was du nicht kannst. Nicht jeder kann alles. Du musst danach suchen und deine Bestimmung finden. Dabei musst du im Dunkeln herum tasten, ich weiß. Es ist nicht eindeutig, was deine Bestimmung ist, aber so ist das Leben. Und es ist gut, dass man danach suchen muss – beim Suchen wächst etwas heran.

Wenn Gott dir bei deiner Geburt eine Landkarte für dein Leben gegeben hätte – dieses wird dein Leben: du wirst Gitarrist – dann würde dein Leben mechanisch verlaufen. Nur eine Maschine ist vorhersehbar, ein Mensch nicht. Ein Mensch ist nicht vorhersehbar. Der Mensch ist immer offen, er hat tausendundeine Möglichkeiten in

sich. Bei jedem Schritt stehen viele Türen und Alternativen bereit –
und du musst dich entscheiden, du musst es fühlen. Und wenn du dein
Leben liebst, dann wirst du es finden.

Wenn du nicht dein Leben liebst, sondern etwas anderes, dann wird es
schwierig. Wenn du Geld liebst und kreativ sein möchtest, kannst du
nicht kreativ sein. Der Ehrgeiz, Geld anzuhäufen, zerstört deine
Kreativität. Wenn du berühmt sein möchtest, vergisst du besser deine
Kreativität. Du wirst eher berühmt, wenn du gewalttätig bist. Adolf
Hitler wurde schnell berühmt, Henry Ford wurde schnell berühmt. Du
wirst schneller berühmt, wenn du ehrgeizig bist, brutal ehrgeizig.
Wenn du Menschen töten kannst, wirst du schnell berühmt.

Die ganze Geschichte ist eine Geschichte von Mördern. Wenn du
jemanden umbringst, wirst du schnell berühmt. Du kannst
Premierminister werden, du kannst Präsident werden – aber das sind
alles Masken. Dahinter stecken gewalttätige Menschen; furchtbar
gewalttätige Menschen lächeln und verstecken sich dahinter. Ihr
Lächeln ist diplomatisch, politisch. Wenn die Maske fällt, siehst du
Dschingis Khan, Tamerlan, Nadir Shah, Napoleon, Alexander, Hitler
dahinter.

Wenn du berühmt sein möchtest, rede besser nicht von Kreativität. Ich
sage nicht, dass ein kreativer Mensch nicht berühmt werden kann,
aber es geschieht selten, sehr selten. Es geschieht eher zufällig, und es
dauert lange. Ein kreativer Mensch ist meist schon gestorben, wenn er
berühmt wird – es geschieht nach seinem Tod, es geschieht verspätet.
Jesus war nicht berühmt, als er lebte. Wenn es keine Bibel gäbe,
wüsste man nichts von ihm. Vier seiner Jünger haben die
Aufzeichnungen gemacht, sonst hat ihn niemand erwähnt, ob er nun
lebte oder nicht. Er war nicht berühmt, er war nicht erfolgreich.
Kannst du dir einen größeren Versager als Jesus vorstellen? Aber nach
und nach gewann er an Bedeutung, nach und nach wurde er von den
Menschen erkannt. Es braucht Zeit. Es dauert tausende von Jahren, bis
ein kreativer Mensch erkannt wird, und auch das ist nicht sicher. Es
gibt viele kreative Menschen, die nie erkannt wurden. Kreative

Menschen sind nur durch Zufall erfolgreich, destruktive Menschen werden schneller bekannt.

Wenn du also im Namen von Kreativität etwas anderes suchst, lässt du die Vorstellung, kreativ zu sein, besser fallen. Tue, was du tun möchtest, aber tue es bewusst. Verstecke dich nicht hinter Masken. Wenn du wirklich kreativ sein möchtest, dann interessieren dich Geld, Erfolg, Ansehen, Respekt nicht, dann genießt du dein Tun, dann hat jede Handlung ihren innewohnenden Wert. Du tanzt, weil du es liebst, du tanzt, weil du es genießt. Wenn dich jemand dafür lobt, gut, du bist dankbar. Wenn dich niemand dafür lobt, macht es dir nichts aus. Du hast getanzt, du hast es genossen, du bist auch so schon erfüllt."

~ Osho:

„Genies sind selten, und das nicht, weil Genies selten geboren werden. Genies sind selten, weil es sehr schwierig ist, dem Konditionierungsprozess der Gesellschaft zu entkommen. Nur hin und wieder schafft es ein Kind, sich aus dessen Fängen zu lösen. Wenn dem Kind gestattet und geholfen wird, seine Individualität ungehindert zu entwickeln, werden wir in einer wunderschöne Welt leben. Dann wird es zahlreiche Buddhas geben, zahlreiche Menschen wie Socrates und zahlreiche Menschen wie Jesus. Es wird eine enorme Vielfalt an Genies geben."

~ Tiziano Terzani:

„Dass der Tisch immer reich gedeckt ist, versteht sich, zumindest im Westen, von selbst. Es ist kein Geschenk mehr, für das man irgendjemandem danken müsste. Und so essen wir dann auch:

Roboterhaft stopfen wir die Nahrung in uns hinein, schauen dabei fern oder lesen in der ans Glas gelehnten Tageszeitung."

„Es ist doch seltsam, dass der moderne Mensch Tausende von Dingen erforscht, studiert, sich aneignet, aber übers Sterben nichts lernen will. Ganz im Gegenteil. Soweit nur irgend möglich, vermeidet er es, über den Tod zu sprechen (es gilt sogar als unschicklich, ähnlich wie früher die Erwähnung sexueller Dinge); er verdrängt ihn einfach, und wenn dann der vorhersehbare, völlig natürliche Zeitpunkt da ist, ist er nicht darauf vorbereitet und leidet entsetzlich, klammert sich ans Leben und leidet gerade darum noch mehr."

„Ich wollte nur noch das sein, was mir immer schon am meisten entsprach: ein Forscher. Aber nicht, um die Welt draußen zu erforschen – die hatte ich einigermaßen kennengelernt, sondern jene Welt, von der die Weisen aller Kulturen schon immer wussten, dass sie jeder Mensch in sich trägt. Der moderne Mensch denkt immer seltener an diese Welt. Dazu fehlt ihm die Zeit, meist auch die Gelegenheit. Besonders in den Städten denken wir immer weniger in größeren Zusammenhängen, sondern rennen ständig irgendwelchen Details, irgendwelchen Kleinigkeiten hinterher und verlieren darüber den Sinn für das Ganze."

„Umgeben war ich ganz von Schönheit, doch der Kerze Schein trennte mich von ihr. Jenes kleine Licht versperrte dem schönen, großen Licht des Mondes den Weg zu mir. In unserem täglichen Leben wimmelt es von solch kleinen Lichtern, die uns daran hindern, ein größeres zu sehen. Es ist beängstigend, welch enge Fesseln wir unserem Geist angelegt haben. Und ebenso unserer Freiheit. Eigentlich reagieren wir nur noch. Wir reagieren auf das, was uns passiert, auf das, was wir lesen, war wir im Fernsehen sehen, was uns gesagt wird. Wir reagieren entsprechen vorgefertigten gesellschaftlichen und kulturellen Handlungsmustern. Und immer öfter reagieren wir automatisch. Zu etwas anderem bleibt uns keine Zeit. Also nehmen wir den bereits gespurten Pfad."

~ Oscar Wilde:
„Alle Frauen werden wie ihre Mütter, das ist ihre Tragödie. Kein Mann wird wie seine Mutter, das ist seine Tragödie."

~ Lao-tse:
„Alle Dinge haben im Rücken das Weibliche und vor sich das Männliche. Wenn Männliches und Weibliches sich verbinden, erlangen alle Dinge Einklang."

~ Lao-tse:
„Belehren ohne Worte, Vollbringen, ohne zu handeln: So gehen die Meister vor."

~ Hermann Hesse:

„Bei Nacht im Freien unterwegs zu sein, unter dem schweigenden Himmel, an einem still strömenden Gewässer, das ist stets geheimnisvoll und regt die Gründe der Seele auf."

„Der Machtmensch geht an der Macht zugrunde, der Geldmensch am Geld, der Unterwürfige am Dienen, der Lustsucher an der Lust."

„Die Gottheit ist in dir, nicht in den Begriffen und Büchern. Die Wahrheit wird gelebt, nicht doziert."

„Du hast deine Kindheit vergessen, aus den Tiefen deiner Seele wirbt sie um dich. Sie wird dich so lange leiden machen, bis du sie erhörst."

„Ein Haus ohne Bücher ist arm, auch wenn schöne Teppiche seinen Böden und kostbare Tapeten und Bilder die Wände bedecken."

„Man braucht vor niemand Angst zu haben. Wenn man jemanden fürchtet, dann kommt es daher, dass man diesem Jemand Macht über sich eingeräumt hat."

„Man konnte den Leuten in ihrer Dummheit zusehen, man konnte über sie lachen oder Mitleid mit ihnen haben, aber man musste sie ihrer Wege gehen lassen."

„Stets habt ihr Gott gesucht, aber niemals in euch selbst. Er ist nirgends sonst. Es gibt keinen anderen Gott, als der in euch ist."

„Wahrlich, keiner ist weise, der nicht das Dunkel kennt."

~ Khalil Gibran:

„Alles, was der Mensch insgeheim im Schutz der nächtlichen Finsternis tut, wird einmal ans Tageslicht gelangen."

„Bäume sind Gedichte, die die Erde in den Himmel schreibt. Wir fällen sie und verwandeln sie in Papier, um unsere Leere darauf auszudrücken.“

„Das, was dir hässlich erscheint, ist nur eine Täuschung des Äußeren gegenüber deinem Inneren.“

„Die Hand der Liebe, die meinen Geist mit dem deinen verband, ist stärker als die Hand des Priesters, die meinen Körper dem Willen meines Gatten unterwarf.“

„Die Jugend besitzt Flügel, deren Federn die Poesie und deren Nerven die Phantasie sind.“

„Ich sagte zum Leben: «Ich möchte den Tod sprechen hören.» Und das Leben redete ein wenig lauter und sagte: «Jetzt hörst du ihn.“

„Ich wurde geboren, um im Glanz der Liebe und im Licht der Schönheit zu leben. Beide sind Gottes Ebenbilder.“

„Nur auf dem Pfad der Nacht erreicht man die Morgenröte.“

~ Albert Einstein

„Das Problem ist heute nicht die Atomenergie, sondern das Herz des Menschen.“

„Das Weltall wird der Menschheit keine Träne nachweinen.“

„Geniale Menschen sind selten ordentlich, ordentliche selten genial."

„Ich weiß nicht, welche Waffen im nächsten Krieg zur Anwendung kommen, wohl aber, welche im übernächsten: Pfeil und Bogen."

„Es gibt nichts Schöneres als das Mysteriöse. Aus ihm entspringt alle wahre Kunst und Wissenschaft."

„Es gibt zwei Arten, sein Leben zu leben: entweder so, als wäre nichts ein Wunder, oder so, als wäre alles eines. Ich glaube an Letzteres."

~ Lao-tse:

„Der Weise lebt still inmitten der Welt, sein Herz ist ein offener Raum."

„Die Meister beobachten die Welt, vertrauen aber ihrer inneren Sehkraft. Sie lassen die Dinge kommen und gehen. Ihr Herz ist offen wie der Himmel."

„Jedes einzelne Wesen im Universum kehrt zur gemeinsamen Quelle zurück. Zur Quelle zurückkehren - das ist heitere Gelassenheit."

„Nach Wissen suchen, heißt Tag für Tag dazu gewinnen."

„Siehst du ein, dass du genug hast, dann bist du wahrhaft reich."

„Sorge dich um den Beifall der Leute, und du wirst ihr Gefangener sein."

„Stimmst du mit dem Weg überein, durchströmt dich seine Kraft. Dein Tun wird naturnah, deine Art die Art des Himmels."

„Wenn sie ihre Ehrfurcht verlieren, wenden sich Menschen der Religion zu. Wenn sie sich selbst nicht mehr vertrauen, beginnen sie, sich auf Autorität zu verlassen."

~ Malcolm x:

„Ihr könnt keinen Kapitalismus haben ohne Rassismus."

„Man kann kein kapitalistisches System betreiben, wenn man kein Geier ist, man muss das Blut von jemand anderem saugen, um Kapitalist zu sein."

~ Erasmus von Rotterdam:

„Eine große Stadt bedeutet große Einsamkeit."

„Wenn ich ein wenig Geld bekomme, kauf ich mir davon Bücher. Wenn dann noch etwas übrig ist, kauf ich mir Essen und Kleidung."

„Die Zahl der Dummen und Einfältigen ist überall sehr groß."

„Der Geist lässt uns zu Göttern werden, das Fleisch zu Tieren."

„Von den Schlechten verlacht zu werden ist fast wie ein Lob."

„Frei wie alle Einsamen, und Einsam wie alle Freien Geister."

~ Erich Fromm:

„Geboren zu werden, ist ein andauernder Prozess. Jeder Vorgang des Geborenwerdens, jeder Schritt zu etwas Neuem, ist mit Ungewissheit und Angst verbunden und erfordert Glauben."

„Ganz allgemein gilt, dass nur der Mensch gierig ist, der unbefriedigt ist. Die Gier ist immer das Ergebnis tiefer Enttäuschung. Ob es um die Gier nach Macht, nach Essen oder etwas anderem geht, die Gier ist immer das Ergebnis einer inneren Leere."

„Die meisten Menschen geben vor und glauben selbst daran, dass sie glücklich sind, denn wenn man unglücklich ist, ist man ein Misserfolg."

„Die Industriegesellschaft erzeugt viele nutzvolle Dinge und im gleichen Ausmaß viele nutzlose Menschen. Der Mensch ist nur noch ein Zahnrad in der Produktionsmaschinerie; er wird zu einem Ding und hört auf, ein Mensch zu sein."

~ Ryokan:

„Die Biene sammelt ihren Nektar, Doch ohne der Blüten Schönheit Oder ihren Duft zu stören, So wandere auch du als schweigender Weiser."

~ Kodo Sawaki:

Bringt es mir was? Oder bringt es mir nichts?" Lass ab von dieser Geisteshaltung und sitz einfach."

~ Kalu Rinpoche:

„Aggressive Worte tun anderen Menschen weh und verletzen sie. Wir können sie einem Gesprächspartner ins Gesicht schleudern, sie in einen Scherz kleiden, oder sie können darin bestehen, dass wir gegenüber Freunden anderer deren Fehler direkt benennen. Das Ergebnis eines solchen Handelns ist eine brennende, trockene und stechende Umgebung."

~ Zhuangzi:

„Achte nicht auf die Zeit, und nicht auf Recht haben und Unrecht haben. Schreite ins Reich des Unbegrenzten und nimm deine Ruhstätte darin."

~ Thich Nhat Hanh:

„Achtsames Essen verbindet uns mit der Nahrung, die uns von der Natur, den Lebewesen und dem Kosmos geschenkt wird, und drückt unsere Dankbarkeit dafür aus."

~ Khalil Gibran:
„Das Zwitschern des Vogels weckt den Menschen aus seiner Gleichgültigkeit. Er lauscht dem Lied und rühmt die Weisheit dessen, der das süße Lied des Vogels schuf ebenso wie die zarten Empfindungen des Menschen."

~ Dhammapada, Weisheitslehren des Buddha:
„Verlange nicht nach Kindern, Reichtum, Macht. Weder für dich selbst, noch für andere. Strebe nicht auf unrechten Wegen nach Erfolg. Lebe sittlich, voll Einsicht und auf rechte Weise. Nur wenige Menschen gelangen zum anderen Ufer. All die vielen anderen, laufen bloß an diesem Ufer auf und ab."

~ Burak Tuncel:
„Die Koordinaten des Korans sind der gegenwärtigen Zeit weit voraus. Doch die Muslime sind weit hinter der gegenwärtigen Zeit."

~ Georges Gurdjeff:
„Alle Religionen sind gegen Gott"

~ Erich Fromm, Die Pathologie der Normalität:
„Die Arbeitszeit hat sich stark verringert. Maschinen ersetzen menschliche Arbeitskraft, der Arbeitsplatz ist nicht mehr dunkel und gesundheitsschädigend. Was noch an schmutziger Arbeit übriggeblieben ist, wird hauptsächlich von den untersten Bevölkerungsschichten verrichtet. In den USA von Farbigen, in Europa von italienischen und türkischen Gastarbeitern oder von Frauen."
~ Osho, Das Zen Prinzip:
„Jedes Bildungssystem züchtet Ehrgeiz, und Ehrgeiz heißt Vergewaltigung. Aus diesem Grund nenne ich den Kopf einen Vergewaltiger. Das Herz hat mehr Mitgefühl, hat mehr Poesie, ist bildreicher, hat etwas für Liebe, für Freundschaft übrig."

~ Rousseau:

„Ihr seid beunruhigt, wenn das Kind seine ersten Jahre mit Nichtstun verbringt. Ist Glücklichsein denn nichts? Den ganzen Tag springen, spielen, laufen, ist das nichts? Sein ganzes Leben lang wird es nie wieder so beschäftigt sein. Lasst euch also von diesem angeblichen Müßiggang nicht erschrecken."

Über den Autor

Burak Tuncel (*1985) ist ein lyrischer Dichter, Philosoph, Autor und Darsteller.

Seine Werke sind als Melodram geschrieben, begleitet von sentimentaler Musik schreibt er seine dichterisch-philosophischen Romane. Musikalische Inspiration findet er in der Filmmusik von „Schindlers Liste" und der Klaviermusik von „Titanic".

Er wünscht sich auch für Sie, den Leser, eine derartige musikalische Begleitung beim Lesen!

Burak Tuncel ist ein Schüler des Religionsphilosophen Prof. Dr. Yasar Nuri Öztürk, der im Jahre 2016 bereits seinen Körper verließ; viel zu kurz war die Zeit, die sie miteinander hatten. Sie verband eine innige und inspirierende Freundschaft, nachdem sie sich über die Werke von Erich Fromm kennengelernt hatten. Bei Vorlesungen und in Gesprächen nannte er B. Tuncel seinen *Herzens*freund.

In den Büchern von B. Tuncel erkennt man die unbeschreibliche Liebe zu seinem Meister, dem er auch sein erstes Buch, „Die Gläubigen Ungläubigen" (2016), widmete. Noch zu Lebzeiten publizierte Prof. Y. N. Öztürk Briefe von B. Tuncel in seiner Kolumne.

Der tiefste Quell, den B. Tuncel für seine Büchern nutzt, ist der Koran in seiner ursprünglichen Bedeutung. All seine Dichtung und Poesie ist eine Reformation, bzw. der Rück-Blick zum Ursprung des Koran, dessen Botschaft über die Jahre verfälscht wurde. Wer den Koran lesen und verstehen kann, der kann auch die Werke all der anderen großen Dichter und Philosophen lesen und verstehen, so seine These.

Jedes seiner Kapitel beginnt mit einem Zitat dieser großen Denker und Dichter, um dem Leser die Sprache der Dichtkunst wieder näher zu bringen, die heutzutage ausgestorben zu sein scheint. Die Sprache der großen Dichter und Poeten ist die Sprache des Herzens. Nur wer sie verstehen kann und in sein Inneres lässt, kann zum Tempel der Liebe gelangen. Nur dann kann der neue Mensch geboren werden, voller Vertrauen in die Mutter Natur und sich seines Herzens und der weichen, femininen Kräfte des Menschen bewusst. Dies ist der Herzenswunsch des Autors, dies ist es, was er dem Menschen von Heute mit seinen Büchern zeigen und lehren will.

Bildquelle: Google
Aus dem Film: „Der größte ist Saban"
„En büyük Saban"

„Uns genügt das Blumenantlitz aus dem Garten dieser Welt, uns genügt von dieser Wiese der Zypresse hoher Schatten. Das Gespräch mit den Heuchlern sei mir fern, und von den Erlesenen der Welt sei genug uns der erlesene Becher. Wer ein Werk vollbracht, wohnt zum Lohn im Paradiese, uns Besitzlosen und Weisen ist das Magierhaus genug. Wenn die Geliebte wie ein leichter Wind an Hafis Grab vorübergeht, will ich in jenem engen Sarg verzückt mein Sterbehemd zerreißen."

Hafis, Liebesgedichte

Herstellung und Verlag:
BoD - Books on Demand, Norderstedt
ISBN 978-3-7528-3034-7